靠近我，你要有被吞噬的準備。

殁日

幻影都城Ⅶ

蝴蝶Seba◎著

—楔子—月下

歲月無窮無盡，蜿蜒到極遠的、不復記憶的過往。

他張開眼睛，有幾秒鐘，不知道身在何處，而月影蕩漾，靜靜照進薄紗飄蕩的暗繡龍床。

身側溫暖，烏黑長髮半遮容顏，他轉頭，雪樣嬌容，極長的睫毛像是蝴蝶的羽翼輕顫，呼吸均勻地熟睡著。

像是這麼漫長的痛苦、懊悔、憤怒、瘋狂都不存在，他依舊是皇儲帝嚳，顏還是他原爲仙官的皇妃。

但顏早就讓他挖出眼睛，繼而毀死，他也早就已經發瘋了。躺在他身邊的，是被他強擄而來的半個飛頭蠻。

像是被他的注視驚醒，她張開迷濛的眼睛，注視著帝嚳。

望著這雙清澈的美麗眼睛，帝嚳幾乎湧起的沮喪和憤怒又漸漸平息。眞是個奇特的生物，原本以爲已經將她摧毀，但即使被吞噬，她居然頑強地保持完整。

說完整，其實她只有一半。她原本是大妖殷曼的內丹，卻因爲化人失敗，內丹和本體各自成人形，連人格和能力都爲之分裂。

像是一對沒經過母體的雙胞胎。

就像本體保留了情感的部分，她則保留了能力的部分。這對奇怪的雙胞胎各自有獨立的人格，各自發展出欠缺的部分。

或許，殘缺的生命自會尋找出路。

而懷裡的這個女人，剛剛發展起來的情感被他給吃了，卻強悍地維持自身的完整。這讓他著迷，繼而將她放出來，像是隻寵物般豢養，連眼睛都捨不得挖。

雖然她擁有世界上最美麗的眼睛。

注視這樣美麗的眼睛，常常席捲而來的陰冷狂亂，往往可以平息而安寧，不再讓他想摧毀什麼。

即使懷裡的女人沒有情感，木然地面對他，像是一隻偶人，但，這讓他安心。

她絕對不會口吐愛語，也不會做出任何媚態；她不會撬開任何人的心扉，掠奪一空之後，在他日漸痛苦壓抑的瘋狂上加上致命的一擊。

只是隻柔順的貓咪，沒有情感的貓咪。她不會愛上別人，因爲她不會愛上任何人。

所以也不會背叛。

「我的貓咪，」他柔聲，扶著她絕美卻沒有表情的臉龐，「一直在我身邊，可以嗎？」

小咪靜靜地看著他，沒有回答。

「妳沒有反抗過我，雖然，反抗沒有用。」

但她也沒有說話，只是默默地注視他。

「我什麼都沒有，但什麼也不要有。」他的聲音漸漸軟弱，「我什麼都不想，也什麼都不要想。」

他傾身，吻了小咪柔潤的唇，她沒有抗拒。

在漫長的掙扎和瘋狂中，似乎在這段監禁的歲月中，他才找到可以平息的緘默，如死亡般。

歿日

誰也不知道，這個極爲敗德、崇高卻狂亂的天孫，最大的願望卻是——

永遠不會獲得的，安寧的死亡。

第一章　始歌

監禁的歲月漫長，他無事可做，也不想做任何事。

曾經，曾經血腥可以撫平他內心的狂暴與陰暗。但殺了顏之後，血腥的劑量越來越重，而效力越來越輕。

他很早就察覺內心的陰暗，那就像是一抹烏雲在心的角落。在他還是賢明的皇太子時，他還可以壓抑，只視爲一種不該有的陰暗面，如人類般。

只是這陰暗不斷擴大、加深，他偶爾會突然暴怒，會想摧毀些什麼，但他用極大的意志力壓抑著，在那時候，他還深信他是天之驕子，是父皇、母后深愛的唯一皇子，是未來的天帝，將要保護整個世界。

他的世界完美和諧，不能讓突來的暴怒和扭曲毀滅。

尤其是後來他愛上了自己的仙官，一個成仙不久的女郎，據說她幼年修眞，成仙後依舊保留著少女般的天眞。

她俗家姓朱，名爲顏。一般仙官不稱俗家姓，但他喜歡喊她朱顏，因爲她眞的擁有櫻緋的雙頰和羞澀的容顏。

人如其名。

自從朱顏成了他的隨身仙官，他偶發的暴怒克制得更深、更好。因爲朱顏強忍在眼眶的淚，會讓他非常不捨。

曾經是那樣純粹的愛戀，曾經。曾經爲了她，什麼都可以忍，什麼都可以壓抑，爲了看見她的笑容，他更努力成爲一個人人稱道的皇太子，讓自己更溫和、更好。

或許也是爲了讓她能夠點頭答應，放心嫁給他。

但他向朱顏求婚時，她的臉孔卻整個慘白。

「妳不願意？」他非常失望。

「……奴婢配不上。」她跪著，戰戰兢兢。

「但我愛妳。」濃重的失望幾乎引發狂怒，但眼前跪著的是他最愛的人，煩躁地揮揮手，他絕對不想傷害朱顏。「妳先退下吧。」

「殿下，我……」她想解釋，但只更刺傷礜。

「別說了……」他幾乎壓抑不住陰暗，「退下！」

等朱顏離開，他幾乎毀了整個寢宮。看著斷垣殘壁，他緊緊握著自己的右手，直到指尖陷入手掌，一滴滴的滴下鮮豔的血。

濃重的血腥味蔓延，原本狂亂的陰暗稍稍緩解。雖然是自己的血，但也可以讓他平復些。

太暴躁了。他有些懊悔，這樣的大肆破壞往往會引起父皇和母后異樣的不安，但他需要一個發洩的出口，才不會做出更可怕的事情。

隱隱的，他感到一種深刻的恐懼，一種將會墮落到邪惡的恐懼。他常常覺得自己即將分裂成兩半，屬於陰暗的那一面越來越強，越來越要取代他的存在。

這是我不夠強的緣故。他默默地提醒自己。父皇說過，即使是天人，依舊有著「惡」的一面，必須靠修行和品德消滅天性中的「惡」。

他不能讓「惡」吞噬，即使朱顏不愛他。

但這殘忍的事實卻像在他的心臟刺穿了個大洞，痛苦得難以壓抑。

朱顏當了他兩百年的仙官，初見面就奪走了他的心。

兩百年。相較於無窮壽算的他，可能只是一瞬間，但這短暫的光陰卻是他僅知的甜美，是他在層層責任和束縛中僅有的舒緩，她的一顰一笑對他來說都是那麼重要。

他甚至開始後悔自己的孟浪。不說就好了……不要告訴朱顏，別讓朱顏知道，他們還可以相處下去，他還可以默默地戀著她。

朱顏的驚慌，褪成慘白的神情，比什麼都讓他痛苦。不要怕我，朱顏。不要用那種看著怪物的眼神看我，我不會傷害妳，即使妳不愛我。

這個年輕的皇太子哭泣不已。自幼被嚴格教養，一直賢名在外，被稱爲「神武天孫」的他，第一次哭得像個孩子。

就這樣站在被毀滅的寢宮廢墟中，不斷地哭泣著。

強大而堅固的結界因他的天賦而包圍整個廢墟，所以，誰也聽不到他的哭聲，當然也不能知道他的心傷。

第二天，他平靜地讓繕府來修復寢宮，只淡淡地說練習新法術失誤。父皇和母后都來關切過，他也是用相同的理由敷衍過去。

朱顏懼怕地望他一眼，緊張地跟在他身後，但礜卻若無其事，像是昨天所言不過是句玩笑話……

表面上。

他極力表現出平常的樣子，只求朱顏不要畏懼。他不在乎維持現在的關係，只要朱顏不怕他就可以了。

但朱顏卻輕輕將手放在他的手臂，「……礜，我願意嫁給你。」

這個時候，礜覺得他得到了全世界，他也才知道，他對朱顏的愛，遠遠超過自己的想像。

輕吻著她冰涼的手指，他覺得，此生已經別無所求。

皇儲意欲迎娶仙官，天帝和王母默不作聲，眾臣卻大爲反對，皆言不可。當中尤以伏羲族長反對得最爲激烈。伏羲一族原爲后族，雙華帝堅辭伏羲公主爲妃嬪已經讓伏羲族感到大失顏面了，但廣義來說，西王母也是他們族女，又是前天帝公主，身分高貴，尚可無言，現任皇儲卻要娶個身分低微的人類仙官當皇妃？孰可忍孰不可忍！

庭臣輪番上陣，力陳其非，其實都因私心。雙華帝雖然睿智賢達，但似有隱疾，常常臥病；而皇儲年紀輕輕卻頗有賢名，英明神武，母親又是皇室公主，家世人品都達極貴，雖說皇妃未必是未來天后，到底更多幾分勝算。幾大豪門貴族早就使出渾身解數，哪容一個小小邪媚人官橫奪？

最後伏羲族長勸道：「若天孫珍愛顏仙官，封爲側室也就是了，想來顏仙官頗識大體，不至於爭這名分小事。然天孫正室母儀三界，非名媛千金不可……」

「除了朱顏，我誰也不要。」帝嚳堅決地說，「娶了朱顏我就不會納側室，她就是我的正皇妃，唯一的妻。」

「諸位愛卿的關心，本宮心領了。」西王母開口，「皇儲的終身大事，也不是吵一吵就可以吵出結果，待本宮與陛下商議過後，再做定奪。」

諸臣看王母開口，心也安了下來，沒想到才回家不久，就聽聞天孫納妃的「喜訊」，納的正是帝嚳的隨身仙官朱顏。

這簡直跌破所有人的眼鏡，接連熱鬧很多年。後宮之爭人盡皆知，雙華帝的天后嫘祖娘娘原是個養蠶的女官，身分卑微，卻得天帝厚愛，直到死後依舊情深意重，從來不正眼看王母娘娘。

原以爲基於這層心結，西王母絕對不會准皇儲去娶個身分卑微的仙官，哪知道她會這樣雷霆閃電地辦了這樁婚事。

連她的貼身侍女雙成都納悶，接過旨意時，躊躇了片刻。

「妳是不是想問爲什麼？」西王母冷冷地說。

她跪了下來，「奴婢不敢多言，但是，伏羲一族必有怨言……」

「有什麼好怨的？」她鳳眼一瞪，「我母后是伏羲公主，我現在貴爲天妃，佔了幾萬年的榮華富貴，還有哪點不知足？若不是那老貨還知點分寸，沒作啥威福，妳瞧我容不容得下這外戚？這些豪門貴族哪個不是厲害角色？誰不想拿我下馬？眞讓他們的女兒進了宮，眼底會有我這婆婆？想得美！」

拿下沉重鳳冠，靜默片刻，她輕嘆一口氣。「嚳那點心思，我還看不透？就是覺得孩兒年紀小，愛些花花草草也應該，但妳瞧他那正經模樣，眞是又愛又氣。我早擔心過他的婚事，也提過讓妳當他的屋裡人……」

「娘娘！」雙成又羞又怕，眼淚奪眶而出，「娘娘可別不要奴婢……」

「妳哭什麼？」王母瞪她，語氣卻緩和些，「當我兒媳婦就是不要妳麼？想來妳也不會跟我要什麼名分，若能這樣我倒省心，那孩子卻拗著要我把妳外嫁明媒正娶，別耽誤妳。」

又嘆了口氣，哀傷地說：「這孩子就是太心慈。若是朱顏，倒也罷了，我還擔心他看上哪家嬌慣無恥的世家小姐，那才是難處理。朱顏呢，將就過得去了。」

雙成低頭了片刻，「朱顏是不錯，八面玲瓏的，雖說欠點身家，但好相處。不過……」爲難了一會兒，「據說她和南天門的陸浩仙官感情頗好……」

王母沉下臉，「君要臣死，臣不敢不死，何況只是要她嫁又不是要她死。朱顏是個明白人，她說過這是沒有的事情，但總不能讓人這樣傳，對皇室名譽有損不是？」

「……陸浩仙官無過。」雙成眼中掠過一絲不忍。

「我說過要殺他麼？」王母眼神轉冷，「年年守著南天門也沒出息，男兒還是外出立點戰功的好……我讓他去軍裡報到了。誰小時候不這樣過？略微好些就誤以爲是非卿不娶了，分開一段時間就冷靜下來，覺得自己往日眞是蠢。這對他們都好。」

「娘娘說的是。」雙成低頭行宮禮，捧了懿旨去了皇儲府。

朱顏看著她欲言又止，她也有些不忍。

當時的雙成心還很柔軟。她雖是青鳥子嗣，但還在卵中就被預言不祥而遭棄，是王母將她撿回來孵化撫養的，和帝嚳同吃同睡，長到這麼大。對她而言，王母和嚳就是她的一切，但她還年少，還有著溫柔慈軟的心腸。

朱顏和陸浩，這兩個人情投意合已久，他們這些宮人都知道，這對小情侶還等著天帝身體好些要請求他老人家成全，哪知道會遭此青天霹靂。

想來嚳是不知道的，他成天只知讀書理事，也不和宮人多囉唆一言半語。既然王母都主意了，事情都到這地步，恐怕也沒得轉圜了。

但仗著她是王母侍女，說句話總是有的。

她刻意繞到軍營，懇求長官多照顧陸浩一些。雖說和魔族戰爭已歇，但零星爭鬥還是有的，刀槍無眼，誰知道陸浩能不能平安回天呢？多關切一點總是好的。

長官滿口答應。也因為她的慈心，果然在殘酷的戰爭中，陸浩幾次危急，都靠長官照顧，不至於戰死，但卻為未來投下一個決定性的變數。

陸浩走了。

她站在窗口，看到遠遠的雲霧中旌旗招展，心像是滾著碎玻璃，一陣陣疼痛虛弱。

偷偷拭去眼角的淚，她再三告誡自己，不可以哭。現在身邊多少人監視著她，萬一讓人知道她哭了，露出一點點不捨，傳到王母耳中，她挨罰也就罷了，陸浩可怎麼辦呢？

她是很清楚王母的手段的。

當初安排到皇儲身邊，她不會說她沒絲毫奢望。她性子要強，卻是人身成仙的，毫無身家背景，若皇儲看上了她，那可就揚眉吐氣了。

然而帝嚳的身邊爭奇鬥豔，她又常被排擠欺負，爭勝的心慢慢淡了，反而越來越想念人間，越來越不知道自己成仙做什麼。

那時候，她常常到南天門附近的柳岸暗泣。就是那時候，陸浩遞給她一方羅帕，因爲她手上那條已經找不到乾的地方了。

陸浩不是什麼極俊的仙官。他是武人，粗豪大方，但他總能逗笑朱顏，拿隨手撿的石頭、一枝野花讓朱顏開心。他是那麼自然、樂天知命，漸漸被他感染，覺得嫁一個小小守門官也不是什麼不好的生涯。

但世事就是這麼荒謬無奈。她要強爭勝的時候，皇儲總是淡淡的，待她與其他人沒有不同；等她放下好強，準備安於平淡時，帝嚳卻跟她求婚。

在那一刻，她居然不覺得高興，反而是驚懼恐怖。

嚳不愛她就罷了，若嚳愛她……跟皇儲奪愛不會有好結果的。她幾乎想也沒想就立刻拒絕，並且爲陸浩害怕不已。

這樣不行。帝嚳因爲她的拒絕毀了寢宮後，她的害怕已經升到極點。服侍帝嚳已久，她非常了解這位外表英明神武的皇儲，在大部分的時間，的確是個冷靜到接近壓抑的賢明皇儲，但他偶發的暴怒往往會非常殘酷，隨著歲月過去，頻率越來越高。

不能再拖下去。她想去找陸浩，趕緊把他們的親事定下來。說不定還來得及，若真的來不及，他們還可以私逃下凡，到哪都能生活的。

但王母卻召她入宮，看著來「護送」她的神將，她心底只有絕望，而王母斯文卻隱含威脅的話語更把她的絕望推到頂點。

她連陸浩的最後一面都見不著，只能流著淚寫下絕緣信；她只能慘白著臉孔，告訴帝嚳，她願意。

戴著沉重鳳冠，她嫁給帝嚳。曾經是她的願望、夢想，此刻卻只有黯然神傷，面對帝嚳的欣喜若狂，她只能低下頭，掩飾她的蒼白。

她無法脫身了。

等他們成親後，王母召她去，知道帝嚳的重大缺陷，她白皙的臉孔更褪得一點血色都沒有，肩膀宛如千鈞之重。

絕望地抬頭，她看著王母。「……娘娘，奴婢不堪如此重任。」

「不堪也得堪。」王母面無表情地看著她，「妳會是他的穩心符，他若還極愛妳，就不會太早爆發那個缺陷。我不能坐視他發瘋……」王母自言自語似地說，「他現在還好好的，他可以撐到年老才爆發的，只要不要讓他有什麼挫折或痛苦引發，他可以的。妳看他現在不是很好麼？」

她走下階梯，抓著朱顏的肩膀，「那孩子只愛妳，妳身為皇妃，就要擔下皇室的責任。他不是妳的丈夫而已……朱顏，天帝若死了，他就得獨力撐下天柱的任務，若是他崩潰了，三界也隨之毀滅，妳明白嗎？三界的成毀都在妳手上，妳明白嗎?!」

讓西王母的陰影籠罩著，朱顏覺得自己一點空氣也呼吸不到。

這種窒息感幾乎伴隨了她一生。

回去的路上，她痛哭了一場，這壓力幾乎壓垮了她。連不愛的權利都沒有，三界的重擔壓在她身上，取決於她愛不愛自己的丈夫。

但她的心，卻跟著遠征的情人走了。

等下了鳳輦，她的眼睛浮腫，而帝嚳，天柱化身的天孫，卻焦急地站在門口等著。

「為什麼哭？」他不安地迎上來，「母后為難妳麼？母后只是嚴厲一點，並不是存心過不去。」他擔憂地扶著朱顏，「……我替母后跟妳回不是，別生氣，朱顏。」

她怯怯地抬頭看著溫柔的皇儲。他是我的丈夫，是天柱化身，注定瘋狂不是他要的命運，就像我也不想成為皇妃。

誰也沒有錯，但誰也不能回頭了。

「……我會永遠愛你。」她小聲說，閉上眼睛，滾下串串淚珠，「我會的。」

她逃不了，也不能逃。三界不能毀滅，陸浩還在這兒。

帝嚳張大眼睛，遲疑而驚喜地慢慢將她攬在懷裡，感覺他像是被填得滿滿的，幸福得幾乎溢出來。

他唯一的願望已經得償。

忌憚著王母的厲害，宮人無人敢議論朱顏過去的一段情，甚至陸浩這名字都成了禁忌。

皇儲婚後鶼鰈情深，有人豔羨也有人嘆息。不知內情的宮人覺得朱顏也轉向得太快，不免暗暗有些譏諷，但也有人替朱顏辯解，畢竟帝嚳用情至深，是女人就會被感動。

那些譏諷的宮女也漸漸無言，因為朱顏只要離了皇儲面前，就食不下嚥、夜不能寢，整個消瘦憔悴下去。或許是她和陸浩緣盡，又愛上了自己的丈夫，也說不定那不過是年少青澀的朦朧誤會，成親後才知道自己的心意也未可知。

但只有朱顏自己知道，她的心從來沒有回來過，不管怎麼努力也沒有用。為了掩飾，她打疊起十二萬分的精神服侍帝嚳，盡心盡力地「演出」，演到她幾乎相信愛上了帝嚳，直到帝嚳離了眼前，所有的緊張都垮了下來，她渾渾噩噩，忘記吃飯和睡覺，癱得只剩下思念陸浩的力氣。

絕對不能提及的名字，甚至在心裡默念都不能。只有思念，唯有思念。

這種生活像是煉獄，但她堅強地撐過去了。她這種接近絕望的堅強，騙過了所有人，甚至騙過了王母和雙成，更騙過了愛她至深的帝嚳。

但她騙不過自己。

一日日，一年年，她以爲自己可以遺忘，可以深藏，但或許可以深藏，卻無法遺忘。她閉上眼睛就可以看到戀人的臉，清晰一點都沒有模糊。她在戀情最豐盛的時刻被迫分離，來不及看到戀情的腐敗，這成了心底最深的一道傷痕，無法痊癒，無從抹消。

她很努力，她眞的很努力想要愛上自己的丈夫。但她的努力這樣徒勞無功，甚至連喜歡都辦不到。她總是在不用「演出」的時候湧起一絲絲苦澀和怨恨，而沉重的壓力更讓她筋疲力盡。

這些深沉的痛苦即使掩飾得了，卻漸漸內化成她的氣質，她總顯得有些鬱鬱寡歡，穩重而成熟，不同於天眞無憂的天女們。這讓不算極美的她有股耐人尋味的哀豔，更讓帝嚳離不開她，一直到天帝病重，帝嚳成了代天帝，滿宮鶯鶯燕燕，他依舊獨鍾有些淒然微笑的朱顏，而且越愛越深，連跟她分離片刻都不肯。

的確，和朱顏成親之後，他偶發的暴怒就不再爆發了，改用一種漸進的亢奮取代。這種亢奮讓他精力充沛，漸漸不受朝臣控制，並且用各種手段削弱豪門貴族，讓權力漸漸集中在代天帝的手底。

但當時的他依舊非常賢明而充滿企圖心。在魔族平靜千年後，野心勃勃地想擴張人間領土時，他力主不再和談，而是豪邁的出軍，並且御駕親征，朝臣沒有阻止，因為軍系已經大換血過了，幾乎都是新生代的、代天帝的人馬。

連西王母都沒有反對。她急著鞏固帝嚳的地位，對付魔族不算是什麼危險，但御駕親征的巨大戰功卻可以讓她的獨生子立穩腳跟。

當中只有朱顏反對，但她只淡淡跟帝嚳提：「大動干戈，非三界之福。」

「我知道妳捨不得我。」意氣風發的代天帝豪笑，「我會帶妳去的。」

朱顏張了張嘴，卻還是溫順地閉上。身為帝嚳的穩心符，她哀傷地發現，她的丈夫的確往著瘋狂的道路走去，只是步驟緩慢而溫和，幾乎無人察覺。

跟去也好。她已經不再有不忿和絕望，而是一種灰燼似的認命。若能跟著帝嚳，萬一他有什麼暴烈的行爲時，還願意聽她的勸，這些年，她手底已經搶救不少人命了。

她並不覺得這有什麼了不起的，因爲這一切，都是希望這個世界安穩。陸浩還沒死，他漸漸地累積戰功，已經是將軍了；而陸將軍直到現在依舊沒有妻室，自律甚嚴，甚至回天建造了宏偉的將軍府，雖然很少住在那兒。

他將自家庭園取名叫作「憶柳」，誰也不知道爲什麼，因爲那園子裡一棵柳樹也沒有。

但朱顏知道。

他們曾經在柳岸邊散步，說過要有方小小房舍，種滿柳樹。

現在只能回憶，也只剩下回憶。相隔永遠的回憶。

「……一定要帶我去，別拋下我。」她低低跟帝嚳說，將臉偎在帝嚳的胸前。

「我絕對不會拋下妳。」帝嚳輕語，將她抱緊。

她湧起一絲苦澀的微笑。是的，拋不下了。命運如亂線將他們綁在一起，誰也別想逃。

或許御駕親征是個錯誤，但一開始，幾乎沒有人發現。

身爲代天帝的帝嚳像是先天的戰將，他並沒有帶領太多軍隊，卻屢發奇襲，重挫魔界大軍，讓士氣振奮到激昂的地步。

面對用不著慈悲的宿敵，帝嚳幾乎是一沾上血腥就上了癮，他一直壓抑得很深的嗜血和殘暴終於可以光明正大使用出來，戰爭中，生物就成了發狂的野獸，即使是天人也不例外。沒有囉唆的大臣勸諫，只有武將們的交相讚美，帝嚳相信自己就是正義之師，是至高無上的天帝，剿滅魔族是他的天命。

他想到戰爭終究有停止的一天，居然會有些失落。所以，魔界幾次上表要求和談，都遭到他嚴厲的拒絕。

血腥就這樣一點一滴浸潤著他，加快擴大了他的缺陷。若不是朱顏在他身邊苦勸不已，恐怕戰爭早就殃及人類，雖然人間早已戰火連天了。

也因為朱顏在，所以帝嚳還勉強抓住理智，也因為朱顏對血腥味極度厭惡，他也能夠壓抑著不去屠殺太多魔族和人類。

但戰爭就是這樣殘酷的雕刻家。征戰幾年，就可以讓溫文儒雅的天人成了狂獸，更何況是隱藏著瘋狂因子的帝嚳，他的心漸漸冷硬，對殺害生靈越來越不在乎，甚至是狂喜的熱愛殺戮。

他的狂熱不但幾乎讓魔族恐懼，也引起他方天界的不安。魔族敗退到東方天界的人間轄區之外，帝嚳無視他方天界的干涉和請求，揮軍殺入他方天界人間轄區，並且屠殺無辜的人類。

在幾乎滅世的天柱災後存活的人類，又捲入無辜的戰火，他們哀號痛苦的祈禱讓他方天帝異常煩惱，但東方天界強悍的態度又難以干涉，漸漸有了衝突。

終於在某次帝嚳煩不過使者的囉唆，斬了西方來使，正在內堂沐髮的朱顏握著溼淋淋的長髮衝出來，使者人頭落地，已然不及。

「……陛下！」朱顏急叫。

「婦人干涉什麼軍國大事？」正自悔孟浪的帝嚳惱羞成怒，「進去！」

朱顏看了看一地的血，淒然轉身進去，不再言語。

斬殺來使的舉止引起軒然大波，他方天界聯合對東方天界開戰，加上魔族殘軍，人間戰火更盛，卻沒能阻止接近瘋狂的帝嚳。

他甚至不太聽朱顏的勸了，對於朱顏的愛還同樣濃烈，但他沒辦法離開令他興奮的血腥，他全身每個細胞都在呼喚血的香氣。

帝嚳開始瞞哄朱顏，嚴禁部下對朱顏提及任何戰況，在他暴怒殺掉幾個多嘴的部屬之後，全軍悚然，但同樣被血腥浸遍的軍人，反而盲目尊崇這個瘋狂的戰神。

自此之後，在內堂等候的朱顏也不再有什麼機會勸諫。她只能心灰地等待帝嚳回來，忍受越來越濃重的血腥味。

「……別再殺了，我們回天不好嗎？」堅強的她終於哭了起來。

她的淚讓帝嚳吃驚又心疼。但相較於天界拘謹又乏味的生活，他脫離不了戰爭的硝煙，只能摟著她的肩膀，哄著朱顏，「好的，很快就平定了，我們很快就能回去了。」

總會有那一天，但不會是明天。

迷失在血腥中的帝嚳，越來越眷戀戰爭和權力，但此時的他，依舊還保有理智。即使御駕親征，他同樣遙控著天庭的政事，用他超乎常人的精力成爲一個殘暴卻英明的代天帝。

就在這個時候，一個魔族俘虜在憤怒之餘，透露了一個重大情報。這原本是魔界費盡力氣探出來的情報，並使盡方法要破解這個癥結，只是還沒找到解答。

「你以爲大家都怕你嗎？帝嚳！」俘虜破口大罵，「你若不是天柱化身，大夥兒怕宰了你就滅世，天人何足懼哉？不信你滾回天界看看，看你引以爲傲的天界大軍會不會被殺得大敗而逃！」然後吐了口口水。

「天柱化身？」他愣了一下，「我？」

「沒錯！你不過是根天柱，什麼都不是！你現在擁有的一切都是因爲你是天柱，你就算是白癡也沒人敢動你一根寒毛！」

他的表情空白了一下，處決的旗遲遲不下。「……先把他押下去。」他心亂如麻地說，「讓他晚點死。」

這不可能是眞的。但這卑賤的俘虜提到「天柱」，他的心卻狂跳起來，像是遙遠而遺忘的記憶被點醒。

不可能的，這荒謬到極點。我是皇儲，我是英明神武的皇儲。我能夠威令天下，是因爲我的才能，或許還是因爲我的地位，但主要還是我本身。

我不可能是天柱。

但第二天，他想提審俘虜時，俘虜已經依王母的命令處決了。

他被監視著。冷汗緩緩流了下來，母后一定知道什麼……但父皇應該還不知道吧？朱顏呢？她不知道吧？

他緊急召來最信任的戰將應龍，要他去調查這件事情。

就是要弄明白，這不是眞的！他暗暗地握白了拳頭。

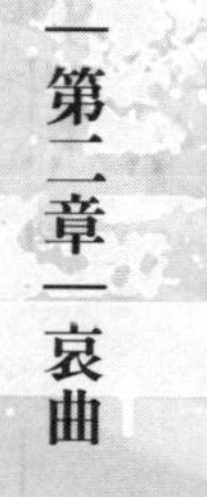

第二章 哀曲

應龍既去，帝嚳選了一個在人間已久的將軍頂他的位置，名爲陸浩。知道這個消息時，朱顏在手上扎出一點血珠，染得繡綳上豔紅如花。出血更多的是，看不見的心頭傷。

但帝嚳沒有發覺，朱顏也只是默默的把血跡繡成桃花。離得太近，太近了。她更少離開內堂，唯恐會遇到。

遇到又能怎麼樣？遇到若招了陸浩的殺身禍，那可怎麼辦？但若遇到陸浩卻想不起她，又怎麼撐得下去這種煉獄？

別遇到的好，別見面的好。

原本暫回天界休假的陸浩接到代天帝的旨意，發了好一會兒的呆。雖說要他假後再面聖即可，他卻立刻披上戰袍，前去覆命。

侍衛告訴他，代天帝正在監造兵器，要他過去兵造廠。

他皺緊了濃黑的眉。雖然從軍多年，他依舊不習慣殺生，而兵造廠惡名昭彰，他實在不想涉足，但終究他還是進入那個惡氣沖天的兵造廠。

雖是天人所創，但這兵造廠出來的武器都纏繞著凶惡鬼氣。他嚴禁屬下使用兵造廠的作品，但他只是一方小小武將，能夠維持的也只有一營天兵。

眾多無辜慘死的人魂哀號著臨終哀鳴，迴旋著被吸入巨大熔爐，成爲神兵利器的「精神」，他腦海裡只湧出「佳兵不祥」四個字。

正和刀劍師傅研究兵器改造的帝嚳神情那麼愉快，甚至可以說是狂喜。強壓著對殺戮死氣的厭惡，他屈膝下拜。

「你就是陸浩？」帝嚳轉頭，神情平靜，「聽說你頗有武勇，兼有治理之才。你麾下多有死士，無論神魔，是眞的嗎？」

陸浩的眉皺得更緊，恭敬地回答：「殺一勇將，不過是敵方少一人，若能招降一勇將，敵方不但斷此臂膀，我方還多一助力。」

帝嚳朗笑，陸浩卻屏息靜氣，不知是福是禍。

「照我意思，當然是都殺了，省得將來成氣候叛變，省多少手腳。」帝嚳泰然自若，拍了拍陸浩的肩膀，「起來回話。但總不能全殺了是不？你說得有道理，將來俘虜就歸你了，總要有人扮白臉不是？」

陸浩站了起來，依舊全神戒備。於公，帝嚳是代天帝，在他職責上是必須保護的人，雖說伴君如伴虎，但他不是可惜自己的命，而是活著的武將才保護得了君主。

於私，帝嚳是朱顏的丈夫。即使接了絕緣信，朱顏還是他最愛的女人，他忍得朱顏當寡婦麼？侯門深似海，更不用提朱顏身在皇室，她若成了未亡人，這輩子就毀了，絕無改嫁機會。

貴為皇妃，卻沒有子嗣，這漫長青春讓她怎麼捱？

朱顏。這個名字像是他心口一個殷紅的血痕，多少歲月也磨滅不了。

當我不知妳麼？陸浩黯然苦笑。

一封沾滿淚痕的絕緣信就能讓我死心斷念？我知道妳的不得已，我也知道王母的蠻橫，既然皇儲都開口要妳了，王母非把妳送上不可。
沒讓我人頭落地，不知道妳花了多少眼淚心血才保住。

我懂的，我都懂，妳這死心眼、好強又脆弱的小姑娘。我能做的，也只是盡力驅除魔族，祈禱不要大起干戈，動搖天界。

我能做的，也只是別死在戰事中，讓妳的苦心白費。現在人間戰火不斷，我也只能盡力保住妳的夫君，既然他要我來。

但我不知道，能忍耐多久，能不能忍得住妳就在咫尺，卻不去見妳一面。

我不知道。

陸浩成爲帝嚳的一名智將，完全不遜於應龍。他冷靜沉著，和熱血沸騰的諸武將不同，成為研擬戰術和後勤的重要人物，好殺的帝嚳雖然不喜他的勸諫，卻喜歡他這個人，所以多少願意聽他一點。

「我入內堂有朱顏勸來勸去，出了外堂就得面對你。」帝嚳笑著抱怨，「像是有兩個朱顏似的。」

向來高深莫測的陸浩沉了臉，低下了頭。

「陸浩，將你比成女子讓你不高興了？」帝嚳笑問，「別這麼小氣，朱顏可是我閨中丞相，一點也沒看輕的意思呢。」

「末將不敢。」他躬身，心底卻不知道流轉著什麼滋味。

最少他寶愛朱顏。但那原本該是自己寶愛的妻。

這一點焦躁越來越擴大，尤其是他發現，朱顏一點都不快樂時，他的焦躁越來越深。他太了解朱顏，即使只是隔簾窺看，他也可以察覺那絲細微的痛苦。

相處久了，他發現帝嚳是有問題的。這個賢明的君主卻殘暴異常，或許別的將領會解釋成驍勇善戰，但他絕對不能認同。

在他而言，戰爭是爲了呼喚和平，但對帝嚳，戰爭是爲了呼喚更多的戰爭。他沉迷在血腥中，對於製作兵器有種病態的興趣，爲了讓入魂的刀劍更有威力，他甚至下令挖出新鮮屍體的眼珠融入刀劍中，若是屍體不足，就製造更多屍體。

朱顏知道嗎？這就是她仰賴終生的良人？

一個掩蓋在賢明外表下的殘酷狂魔？

他的焦躁，越來越深。

即使如此，表面上看起來他一切如常，依舊盡心盡力替帝嚳謀略籌劃，並且力勸不可殺生過甚。他已經不似以往那樣謹慎，反而有些豁出去的感覺。

帝嚳雖厭他的勸諫，但對這個嚴肅武人那種有些不顧一切的焦急頗感興趣。原本高深莫測、明哲保身的智將，卻爲了自己，這樣不顧命地再三勸阻。

「就不怕我惱了，推出午門麼？」帝嚳氣極反笑。

「……若爲陛下，死不足惜。」陸浩一膝跪地，神情凜然。

帝嚳斂了笑，動容起來。他原本聰明智慧，怎麼會看不出來阿諛奉承和矢志忠誠的差別？好聽話總是讓人聽起來舒服點，但聽多了也覺得虛偽，但這個剛毅而深沉的智將卻一反自保的原則，甘願冒死進諫，「死不足惜」。

哼，我當這代天帝算值得了。這種心情像是獰猛不屈的金翅大鵬鳥願意伏首垂翅棲息在自己臂上，如此自豪。

「你和朱顏，就愛阻我。」帝嚳語氣緩和下來，「也罷，就依你一次，饒了這城生靈吧。」

也許是殺戮的渴望獲得滿足，也許是朱顏的淚、陸浩緊皺的眉，讓他願意稍微歇手，也可能是他許久未回天，朝臣有些騷動起來。

畢竟他腳跟還未站穩不是？最少也該成了真正的天帝，要征服三界才名正言順。牛刀小試，論智謀軍力，他方天界和魔界大軍都不足懼。

他不該只是一方天帝而已，他應該是一統三界、震古鑠今的獨裁者。但不是現在，不該是現在。

最少要等父皇禪讓給他。

就在他用極高的姿態決定和魔族與他方天界和談的時候，應龍匆匆歸來，壓在他心底的惶恐悄悄上升。

他私下接見了應龍，「魔族賤民所言，定是虛妄吧？」

應龍跪下一膝，「陛下，您果眞是天柱精魄所轉生……」

帝嚳睜大眼睛，腦筋一片空白，幾乎無法思考。我？天柱？不，不對，我是天孫，絕對不是死物。我將是天帝，將會一統三界，成爲唯一的帝君，不是什麼天柱。

「……有誰知悉這件事？又從何得知？」他語氣冰冷。

應龍沒察覺他的語氣異常，他恭敬回答：「吾族太長老夫人病逝前交代後事，才讓末將訪到。陛下臨盆時，是由太長老夫人親手接生的，除了王母娘娘和太長老夫人，應該無人知悉。」

「魔族又怎麼知道的？」他語氣更冷。

「末將循線追查……」他遲疑了一會兒，「似是王母宮人私逃下凡透露的。」

「太長老夫人過世了？」帝嚳的聲音輕輕的，「她年紀也大了。」

「是。」應龍有些感傷，「應龍一族男女隨侍在側送終。」

也就是說，母后和她的宮人、應龍一族、魔族知道而已。還來得及，還可以處理，誰也不會知道他是天柱精魄，並非眞正的天孫。

天柱精魄？即使支撐天地，不過是器妖轉生！他何等尊貴，乃是天帝所傳嫡子，不會也不該是器妖轉生！

應龍抬頭，看著他的主子，卻見他臉孔褪得慘白，卻浮出一絲妖豔的笑，當他驚覺不妙時，已經被帝嚳制住了。

「來人，」帝嚳冷靜地說，「應龍一族意圖謀反，且將應龍上轡頭使之無言，打入大牢，所有應族族人斬立決，殺無赦。」

帝嚳手底的第一樁滅族慘禍就這樣開始了。他親自將應龍押到列姑射舊址，對他盲忠諸將領爭先恐後地執行這樁簡單的「戰功」。

但朱顏和陸浩被蒙在鼓裡。朱顏深居內堂，陸浩剛被派去和他方天界會議和談，等慘禍驟起，陸浩匆匆趕回，他麾下幾個應龍族的官兵已經被斬殺。

就在此時，殺紅了眼的將領闖進內堂，將服侍朱顏的應龍侍女拖走。

「你們在做什麼？」朱顏大驚。

「陛下有令，應龍一族謀反，舉族斬立決！」手起刀落，驚惶痛哭的侍女已經人頭落地。

朱顏被濺到幾點血跡，驚呆了。

她貴為代天帝皇妃，卻連個身邊人都保護不了，在佩刀帶劍的狂徒面前，她不過是個弱女子。

「……陛下在哪？」她顫著唇，輕聲問。

急著拿首級邀功的將領只躬了躬身，抓起首級的長髮就要走。

朱顏疾走上前，一巴掌打上將領的臉頰，發出很大的聲響，原本鬧哄哄的內堂都安靜下來。

「放下我的侍女！」朱顏怒喝，「陛下下令斬首我無話可說，但誰准你碰她?!」

殺紅了眼的將領按著劍，觸及朱顏的雙眸，卻整個發冷。她的眼底唯有虛無，卻是種堅強、凶猛、不顧一切的虛無。

連死都不怕的虛無。

他鬆了手，讓首級掉在地上，在朱顏的逼視下，訥訥躬身出去。

等武人都離開了，朱顏強嚥著淚，聲音不穩地喚著侍女，「找殮房收了小娟，還她全屍下葬。其他人都待在這兒，不准走。」她將唇咬得發白，「我尋陛下去。」

我失敗了。一路疾走，朱顏一路想。我失敗了。

這樣忍耐到幾乎心魂俱碎，她還是無法阻止帝嚳的瘋狂。她按著肚子，太遲了，若是太醫早點確定，說不定可以讓帝嚳發慈悲，但現在真的太遲了。

眞的可以讓帝嚳發慈悲嗎？

她茫然地站在庭院，聽著慘呼和絕命的吶喊。下凡以後，帝嚳越來越陌生，和以前那個溫和的皇儲已經找不到一絲一毫相同的影子了。

她這半生強忍的傷和血淚，到底是爲了什麼，有什麼用處呢？

兀自怔忪，連陸浩到她跟前，她只茫然地抬頭看。

想了一千次一萬次重逢的光景，卻沒想到只是相對無言，面無表情。怎麼也想不到，會在這種狀況，這種血腥中相遇。

「……陛下呢？」陸浩艱澀地開口。

朱顏看著他鬢邊的白髮，眼角深深的皺紋，千言萬語，卻什麼也說不出。她默然搖頭，心灰地對他說：「辭官吧。」

辭官吧，別在這裡了。這世界將顚倒翻覆，辭官最少可以讓你活久點，就算只有一點點也好。

「我不辭官。」陸浩淒涼地笑，「爲了妳，我不能逃。」

四目相對，良久。

不用說什麼，無須做什麼，經過這麼長久的時光，他們痛苦地發現，沒有怨懟，沒有仇恨，這段該逝去的戀情頑強地保持著最豐盛的甜美，無須言語依舊心意相通。

這眞是最美麗卻最憔悴的折磨。

朱顏輕笑了一聲，自嘲的。轉身要離去，陸浩卻抓住了她的手釧，她想掙脫，陸浩卻不肯放。

「……賞你吧。」她解開手釧的釦，「賞你吧。」拂袖而去。

握著臉，朱顏哭著走回房。

她有個很好的理由可以哭，很好的，好到可以掩蓋她眞正的痛苦，讓誰也看不出來。

帝嚳回來時，臉孔籠罩著陰暗與乖戾，帶著幾乎可以嗆昏人的血腥味，走入內堂。

朱顏一定會囉囉唆唆，煩死了。他捱的囉唆還不夠嗎？陸浩已經煩了他半天，直到把他下獄才得到安靜。

讓陸浩冷靜幾天好了。不然他會克制不住，殺了陸浩。

但他不能將朱顏關起來。

朱顏卻一個字也沒說，穿著整套禮服，對著他盈盈下拜，但他不但沒有鬆口氣，反而緊繃起來。

「……妳要去哪？」他聲音裡的戾氣更重。

「啓稟陛下，臣妾要歸天了。」朱顏用種絕望的冷靜說。

帝嚳一把抓住她梳得整齊的髮髻，不顧鋒利的鳳釵刺入掌中，「就因爲我殺了幾條長蟲妳要離開我?!妳生是我的人，永遠都是！誰准妳輕易離開的?!」一面吼，一面用力拽著她的長髮。

朱顏卻沒被他嚇到，神情越發平靜，「陛下，不是的。只是臣妾不能把孩子生在軍營裡，人間不是生養子女的好地方。」

帝嚳瞪了她好一會兒，「……什麼？」

「臣妾有喜了，陛下。」

他所有的暴戾都消失無蹤，像是那個溫和的皇儲又歸來，鬆開朱顏的頭髮，他喃喃著道歉，又哭又笑地埋在她芳香的懷裡。

（也因爲他的暴戾暫時的平撫，所以追緝應龍一族的嚴令鬆弛了些，這才讓應龍遺族還有個逃生的機會。此是後話。）

帝嚳慎重地派遣重軍送朱顏回天，也因爲這個天大的喜訊，禁殺三個月，將有子嗣的幸福感暫時壓抑了他缺陷裡的嗜血，也是這段時間開始進行和談，因爲帝嚳想回天等待他的孩子出生。

這孩子來得正是時候。朱顏默默地想，他暫時性的鎮壓了生父的殺虐，也給了母親一個離開的好理由。

她不能再待在人間了，離陸浩這麼近，早晚會出事的，總有一天。而且，帝嚳依舊愛她，或許他會願意和平，返天陪她待產。

將臉埋在掌心，她只感到疲倦和憂傷，沒有一絲喜悅的感覺。

這世界由許多偶然組成。往往只是一個很小的歪斜，但最後卻越來越嚴重，直到毀滅為止。

原本帝嚳會在和談後返天陪朱顏待產，生下皇儲。離開血腥的引誘，他或許可以因為圓滿的家庭，漸漸平息乖戾的缺陷，或許他會接受王母的解釋，接受這個事實……直到晚年才爆發。

有了孩子可供寄託，朱顏的煉獄或許會減輕，漸漸將往日戀情深埋在心裡成為一個不能說的祕密。她雖然是弱女子，但她的堅忍可以讓她燃燒到死亡那天。

陸浩可能終生不娶，也可能會遇到另一個人。但他會在宮牆之外，不會和帝嚳與朱顏的人生產生太多交集。

本來應該是這樣。

但人生的偶然總是如此荒謬，在最不經意的環節中出現了一個變數，就會直抵萬劫不復的深淵。

被朱顏打了一個耳光的將領，名爲黿侯，他屬龍的眷族，也是古老世家。在眾目睽睽之下，被個身世卑微的皇妃打了個巴掌，事後越想越羞怒，聽得小兵閒談，精神爲之一振，連忙來晉見帝嚳。

彼時帝嚳初宴罷，心情頗佳，含笑看著黿侯。「黿將軍，不回府安頓你的妻妾，深夜來找我怎地？」

黿侯故作玄虛地膝行，低聲說：「請陛下屏退左右。」

帝嚳皺了皺眉，還是屏退左右，聽這個得力的嗜殺屬下想說什麼。

「這可是皇室一大醜聞。」他繼續小聲說，「顏皇妃不思陛下寵愛，居然與陸將軍有私！據說他們倆在天界就有舊情，眞是污穢宮闈，莫如此甚！」

帝嚳的臉孔沉了下來，「污蔑宮事，可是滅九族的罪。」

黿侯指天誓地，加油添醋地把他聽來的說了一遍，像是他在現場所見。「……誰知道顏皇妃肚裡的孩兒是誰的，她還贈了一只手釧給陸將軍！陸將軍貼身攏著，從來不離身的，陛下若不信，只要搜陸將軍的身就可以知道……」

他話還沒說完，只見銀光一閃，已經身首異處。

神情大變的帝嚳將他的首級踩得腦漿迸裂，面目模糊，沒喚任何人，就逕自去尋陸浩。

這個鬢髮霜白的智將正在燈下批閱卷宗，苦心思擬推敲和約內容。他抬頭，看著帝嚳，和他身上的血。

「陸浩。」帝嚳身旁環繞著陰暗的怒氣，「朱顏和你什麼關係？」

「……守南天門時的舊識。」他平靜地起身。

「舊識到她贈你手釧？」帝嚳的神威張揚起來，讓案上卷宗狂亂飛舞。

陸浩靜了半晌，取出懷裡的手釧。「皇妃賞末將未來妻子，並無不當吧？陛下既然有疑陸某，牽連皇妃，實在罪該萬死，末將願以項上人頭擔保……」

迅雷不及掩耳地，陸浩砍下自己的頭顱，滾地的頭顱還說完「皇妃清白」，才斷了氣。

瞪著陸浩的首級，帝嚳的頭痛到幾乎要裂開了。「陸浩，你騙我，你騙我！你們……都在騙我。」他跪下來，抓著陸浩的頭髮，「說話啊！陸浩！你是不是在騙我？是不是？!」

我這麼相信你，這麼喜歡你，一直捨不得殺你這個囉唆的傢伙！

抓著陸浩的頭髮，和掉落在地的手釧，他的眼睛赤紅，席捲著狂風奔回天界。

第三章 哀狂

嚳回來了。

結縭多年，她已經很熟悉帝嚳的腳步聲、氣息，還有越來越重的血腥味。不過沒關係，快結束了，他願意返回天庭，就會遠離血腥。

一切都會跟以前一樣，最少大致上是一樣的。

帶著守禮的笑，她放下手裡的繡綳，一如往常地起身迎接。

帝嚳大踏步走進來，臉上沒有表情，將一樣東西扔到她面前，沾滿了血污。即使如此，她還是一眼就看出來，那是陸浩。

她臉上守禮的笑凝固，漸漸迷惑、不解，然後遲滯、空白，雖然望著帝嚳，但她的眼神像是穿透了他，宛如盲人般渙散。

……爲什麼？

像是聽到了她無聲的詢問，帝嚳扔出手釧，在陸浩的頭顱旁邊滾動。

她的目光慢慢停在那只手釧，然後再也沒有移開過。這麼多年緊張的堅強，在這個瞬間，崩潰了，她聽到一聲清脆的哀鳴，讓她堅持下去的那根心弦斷裂了。

全身的力氣像是被抽乾般，她之所以忍耐半生心傷的原因，只剩下一顆頭顱在她面前。她整個垮下來，雖然還是穩穩地站著。

但她漠然地瞪著那只手釧，渾然不覺大腿溼潤溫暖，小腹疼痛，還是帝嚳發現她的腳邊一灘血泊。

一把抓住她，帝嚳的心整個發涼。他和母后學過醫術，算是良醫，很明顯的，他的孩子沒了。

「……我的孩子。」他的聲音緊繃，充滿了幾乎崩裂的怒火。

但朱顏只覺得他的聲音從很遠很遠的地方傳來，好一會兒才明白他的意思。糟了。她對自己說。我把他的孩子弄沒了。

「你的孩子。」她的聲音像是枯萎的花，「是，那是你的孩子。」

我該安撫他，甚至該哭一下，或者驚慌。不安撫他，他可能會崩潰。

但我不行了，我不行。我已經死了。

「落幕了，不用演了。」她慢慢蹲下去，「我不用忍耐了。」

忍耐？她一直在忍耐？所有的柔情蜜意，溫柔和順，都是忍耐，都是演出來的？

「快說妳愛我。」依舊拉著朱顏的帝嚳聲音都變了，「快說！我不計較妳和陸浩有私……那不要緊！孩子沒了可以再生，也沒有關係！」他的哭聲越來越重，「說妳心底有我，說！別讓我活著像是場騙局，我求求妳朱顏，難道妳心裡從來沒有我?!」

快說話，回答他，朱顏。她心底一個小小的聲音焦急地說。三界的命運都在妳手裡啊。

跟我有什麼關係？垮得很徹底的朱顏無聲回答。我的世界已經崩毀。

「朱顏！」帝嚳抓著她的下巴，強迫她站起來，「說話啊！」

「……你是支撐天地的天柱化身。」她機械似的回答，「王母要我看住你，因爲你有缺陷，但我失敗了……失敗了……」

她無力阻止帝嚳的瘋狂，無力阻止陸浩的厄運。更因爲她，帝嚳殺了陸浩。

殺了她之所以嫁給帝嚳的情人。

「……騙人。不可能是這樣。」帝嚳的臉孔整個煞白，「看著我，朱顏。」她的眼睛卻只看著地上的陸浩。

這個時候，帝嚳什麼都明白了，但他寧可不明白。「看著我，朱顏。」他的聲音異常柔和。

但她依舊避免與帝嚳的眼神交會。

在那瞬間，長久被掩埋起來的缺陷，即使浸潤遍了血腥也沒讓他失去理智的缺陷，徹底吞噬了他所有的理性。他活生生挖出了朱顏的眼珠，並且將她殘酷地虐殺，將整個寢宮化成一片佈滿屍塊的血海。

朱顏的眼珠溫柔地躺在他的掌心，專注地望著他，再也沒有挪開了。

吃吃笑了起來，他開始打造神器，那是一把琴，鑲嵌著朱顏美麗的眼睛，一撥弦，如同她臨終甜美的哀鳴。

後來的事情，其實帝嚳記不太清楚了。

唯有挖出美麗的眼睛，製作成神器的時候，他的記憶才會清晰一點。也只有在那種時候，他才能得到一點平靜，而不是身不由己的被瘋狂宰制。

據說，他在眾臣和天帝、王母面前得意地彈奏鑲嵌著朱顏眼睛的琴，而後被押進南獄，但他不記得了。他倒還記得逃出南獄，帶領不願讓戰爭結束的將領繼續討伐魔族和他方天界聯軍，但被天帝親手擒獲那段，又記不清楚了。

他被瘋狂宰制很多年，很多很多年。南獄不太關得住他，因為瘋狂賦予他一種妖魅，總是可以迷惑看守他的仙官，讓他可以取得美麗的眼睛，不管是長在誰的臉上。

直到天帝派了貪狼星君來看顧他，才停止了這種血腥的嗜好。那個懶洋洋又嬌媚的女人，放蕩又淫邪的女人，卻完全不受他的迷惑，帶著微微嘲諷的笑，對他的唾罵和哀求視若無睹。

和血腥隔絕久了，他的智慧漸漸回歸。他學會和瘋狂這個缺陷相處，不再被宰制。

王母來探他，他冰冷地說：「我不該出生的。」

「你也死不了。」王母冷冷回他，「我不准你輕生。」的確。帝嚳無聲地笑，他自殺過多回，卻死不了。連死亡的安寧都沒有。

「讓我死。」

「不行，不可以。」王母嚴厲地回答，「振作起來！你是我的孩子，怎麼可以輕易讓缺陷打倒？你是未來的天帝！就算關在南獄也還是唯一的皇儲！」

我活著做什麼？我逼死最喜歡的人，殺死最愛的人。我殺生無數，到處挖別人的眼睛，只爲了那片刻的安寧。

敗德至此，爲什麼不能死不該死？這個世界早該毀滅了，爲什麼生下我?!爲什

麼？

「妳會後悔的。」他冷冷地說。

「絕對不會，絕對！」王母大怒，「你給我好起來，你根本沒什麼瘋病，沒有！我帝女玄的孩子不會有缺陷的，不會！」

帝嚳笑了起來，狂笑不已。他笑，這勉強存活下來的世界多麼脆弱，只靠一個瘋子支撐；他笑，這個瘋子跟他的母親一樣瘋狂；他笑，他的父親只會嘆息：「果然會這樣。」然後將他關起來。

他笑他的一生只是悲酸的騙局，人人都注視著他，等待他幾時會瘋狂，然後嘆息一聲，果然如此。

果然如此。是的，果然如此。

他無法壓抑血腥的嗜好，無法停止惡意的延伸。他生來應該是滅世的，而不是支撐天地。

已經記不得殺死多少生靈，挖出多少眼睛。完全記不得了。記不得毀滅多少人類或仙魔的人生，記不得了。

爲什麼我還不該死不能死？重複著出獄入獄，重複著下凡洗罪又修仙回天。

他什麼都可以有，爲什麼就沒有死亡的安寧？

在內心凶暴的瘋狂從來沒有停息過，直到他無意間捕獲一隻美麗的飛頭蠻……正確說，是半隻。

注視她美麗的眼睛，他終於，終於可以讓狂暴的瘋狂平靜下來，像是止住不斷淌血的傷口。

「那就是妳，知道嗎？」浸潤過多的瘋狂，變得陰柔的聲音說著，「我的貓咪，妳知道嗎？」

第一次，小咪空洞的眼神聚焦，凝視著帝嚳，那樣專注。

迷失在美麗的虹彩，乾淨得幾乎沒有情緒的眼睛中，輕撫著她的眼眶，帝嚳有些迷惘。

我能挖得出來麼？如我所言般，讓他們三人的眼睛在神器中成全？我眞能麼？可以的，可以，我都能挖出朱顏的眼睛了。親手摧毀他的貓咪，然後就可以永遠記住此時的相擁。

在發現眞相之前。

「我一定會挖出妳的眼睛。」他輕輕地，輕輕地說。

小咪專注地望了他好一會兒，慢慢地、慢慢地將臉貼在他肩上，點了點頭。

仰望月亮，帝嚳沒有說一個字。他只是收攏雙臂，像是擁抱著世間唯一的珍寶。

遙望著帝嚳，雙成的心像是撕裂了一大塊，那樣的痛。

從小一起長大的皇子，有著溫柔眼神的皇子。他和王母，都是她最重要的人，她的一生一世。

是她的錯吧？都是她的錯。若她不要一時心軟，不要囑咐陸浩的長官，或許他就會死在頻繁的戰事中，就不會導致譽的悲慘和瘋狂。

最少不是這樣劇烈的爆發。

是她的錯。

她幾乎站立不住，搖搖晃晃地扶著牆。被君心重創的巨傷，終究還是讓王母治癒了，但她傷得太重，現在臉頰上的傷痕還沒完全痊癒，扭曲分布，像是個破碎的洋娃娃。

但她不在意外貌，不要緊，她只自愧削了娘娘的面子，沒有能力打敗那隻妖魔。就算這樣，娘娘還是救了她，費心的醫療她，有時她半夜驚醒，娘娘失魂落魄、痛惜地摸著她身上的傷疤，眼底汪著淚。

是她不好，是她不對。她一時的心慈，讓她最愛的兩個人痛苦煎熬，但從來沒有怪過她。

她就算殉死也應該，死幾千萬次都不足以彌補她的過錯。

她根本不關心三界傾覆與否，也不在乎誰當天帝，她只希望嚳和娘娘可以好好的，高高興興地住在一起，就像還沒娶朱顏之前那樣。

那個無恥的女人坑害了嚳一生。永遠永遠，她都不會原諒朱顏。

「雙成仙官，妳還好吧？」看管仙官關心地問。

雙成振作一下精神，「……沒事。天孫近來可好些？」

「好得多了。」仙官謹慎地回答，「那妖魔鬧過後，就算重建南獄的期間，天孫大人也沒試圖逃走。也沒再有……有……有失當的行爲。」

雙成點了點頭。「天孫大人要什麼，監裡一時辦不到，來跟我說就是了，別驚擾太甚了。」

她慢慢踱回去。想來娘娘也快醒了，她踱入宮室，王母一臉憔悴，已經清醒了，看起來似乎沒什麼睡。

「娘娘，奴婢來遲了。」她下拜。

「……那逆子看起來好些了嗎？」王母推被坐起。

「好些了，情緒穩定很多。」遲疑了一下，「自從有了那隻飛頭蠻，嚳就不怎麼發脾氣了。」

「哼，這軟弱心腸和他父皇倒是一模一樣。」王母倒豎柳眉，沉下了臉。「非有個女人穩心不可？偏生都愛身分卑微的女人！」

雙成不言語，只是垂首。

「……若非如此不可，爲什麼不是妳？」王母的語氣疲倦起來。

「娘娘，奴婢不配。」雙成跪了下來。

王母揮了揮手，「……我不是發作妳。」

「娘娘不發作我又該發作誰呢？」雙成低頭，「時辰還早，您再多睡會兒。」

王母的表情漸漸淒涼、脆弱。「雙成，我睡不了。閉上眼睛我就夢到天帝死了，天兵天將來逼宮。」

她沒再說什麼，起身扶王母躺下，輕輕幫她捶腿。只有這樣，王母才能略略安心地睡一會兒。

貴爲王母，能夠倚靠的，居然就她這麼一個卑微的侍女。眼淚一滴滴地滴下來，她呑聲，唯恐驚擾了好不容易睡著的娘娘。

狐影疲勞地撫了撫額間的愁紋。眞沒想到已經到這種地步了，坍塌的三重天棘手就罷了，接壞更崩潰到危急的警報線，若不是管寧結界獨步三界，精妙非常，恐怕東方天界早就整個沉下去，順便拖累了他方天界……

他不敢想像。

但結界這種東西就像人間的高科技軍防。精巧、有效率，某種程度來說非常堅固，但壞處就是需要能源。沒了電，那些高科技軍防就成了廢鐵一堆，這樣龐大的鞏固結界沒了術者持咒補強維護，有也等於沒有。

他看著正在午寐的管寧，有些心疼。他認識他們母女倆，管寧比他年長，算是他的長輩。但這個妖嬈的狐仙猶是九尾狐族時，豔名遠播，多少眾生人類拜倒在她的石榴裙下，連狐影少年時都對這個豔麗無雙的姐姐有種淡淡的憧憬。

說起來，管九娘雖然美麗，但實在不及她娘一丁點兒，更不要提管家精妙高深的家傳結界。

不過撐了百年，管寧的豔色就衰退許多，宛如受風雨摧殘的嬌蕊。她成仙後，接下修復接壞的工作，不知道是怎樣日夜匪懈、使盡全力的維護。

情況真是太糟糕了。翻閱著歷年的維修報告，他越發心煩。比起百年前還在他手底時的狀況，災害真是逐年擴大加深，幸好有管寧在。狐影沉重地嘆了口氣。

翻了一會兒，他輕噫一聲，又反覆比對，有些兒摸不著頭腦。接壞處處災害，年年崩塌搶修，就只有一個例外——南天門附近方圓百里，穩穩當當，從來也沒有崩潰跡象。管寧都是靠這一點穩定的基礎羅織結界補強，才能撐這麼多年。

他把那方圓百里標出來，是個接近圓形的領域，圓心卻不見有什麼特別的標的物。

這說不定是修復接壞的一個解決癥結。

瞟了眼疲倦猶睡的管寧，他拿著圖，走出去喚住老工頭，「老大爺，來幫我看看，南天門這兒有些古怪。」

老工頭是軍裡退休的，後來進了魯班府，接壞修復的經驗最久，只是他有些脾氣壞，又不肯升官，幾千年來都是工頭。

他看了眼圖，嘆了一聲，「我若說了，影小哥說不得要怪我。你曉得這兒不會崩塌就成了，又問怎的？」

「好端端的，我幹嘛怪人？」狐影倒被勾起興趣，「老大爺您說說，狐影是後輩，豈有怪罪之理？」

老工頭抽了口水菸，慢慢地說：「這兒有個墳，是天孫大人安下的。」

聽到「天孫」兩個字，狐影整個變色了。即使知道他就關在南獄不得出入，但被他凌虐的心理傷痕卻怎麼也去不淨。

「影小哥，我知道天孫大人跟您不對盤。」老工頭慢條斯理地搖頭，「你們只知道他背德殘酷。可我當年在他麾下打過仗，多少兄弟受過他的恩，連老兒能安安穩穩活到現在，還是大人親手把我從屍堆裡拖出來的。

「當年大人英姿煥發，和陸將軍並轡的時候，迷倒多少姑娘！若不是陸將軍自殺，皇妃慘死，天孫大人也不會發瘋以至於此……」他的聲音越來越低，越來越感傷，還拭了拭眼角的淚。

狐影強忍著不悅，低頭看了看圖，又想了想。這段八卦可是暗暗流傳已久，連他也知道的，據說在人間的神魔大戰，顏皇妃與陸將軍舊情復燃，最後陸將軍自殺，天孫又虐殺了顏皇妃和未出世的皇子，就此發瘋了。

天孫在南天門安哪個墳？安了怎麼可以鎮住接壞的崩潰？

「這事兒呢，老兒還是目睹的。」老工頭說，「天孫大人被關到南獄，突然清醒些，指名要把陸將軍的屍體和首級送進去，還是老兒運進去的。」

那時天孫瘋得厲害，想起皇妃無處收殮的慘狀，誰也不忍將頗有人望的陸將軍送進去。但忌憚著王母威狠，還是只能照辦。

當時這位老部屬就打定主意，萬一天孫大人要折辱陸將軍屍首，拚得命不要，也要上前勸諫，哪知道天孫愣愣地看著陸將軍的屍首，只開口輕喚：「阿碁，去弄熱水來，傳針線，順便要他們弄口上好的棺材。」

這位發瘋的天孫親手為陸將軍淨身縫合屍體，還拿了自己最好的戰甲讓他穿上，親自收殮了陸將軍，愣愣坐在棺材邊守了一天一夜，才讓人把棺材抬出去，葬在南天門附近。

說到這裡，老工頭已經老淚縱橫，「說起來，陸將軍和天孫大人相處沒多久……但兄弟情誼哪是時間定長短？怪就怪陸將軍太狷介，話也不說就抹了脖子！也不分辯個是非曲折，你讓天孫大人心底怎麼好受呢……？」

帝嚳抬頭，眼神有些茫然。許久不提的名字，似乎有人提了，提做什麼呢？

但他卻不由自主地走到庭院的一個角落。這麼多年了，他還記得這裡。他拉住小咪，「別踏上去。那時……他就躺在這兒。」

小咪抬眼看著他，帝嚳卻沒有什麼表情。

「那時，他躺在這兒。」往事歷歷在目，「陸浩躺在這兒。」而我抱著他的頭。

他沒再言語，只是轉身抱緊小咪。

第四章 準備

殷曼霍然張開眼睛，心跳如鼓。

而月已西沉，模糊感傷地掉向地平線，萬籟俱靜。

她偏頭，君心在她旁邊的單人床睡得正甜，幾絲額髮垂了下來，使他看起來分外脆弱年輕。

但有一下子，就一下下，她看到的不是君心的臉孔，而是另一張應該讓她驚懼恐怖，卻覺得可悲可憫的臉。

可憐的孩子。她突然湧出一絲哀傷，但馬上困惑起來。

這不是她的情緒，但也不是微塵飛白。她既像是個旁觀者，但又像是親身經歷。

是小咪，她的內丹化身，另一個自我。在危急之刻，將她推開，慨然迎向帝嚳的另一個自己。

據說她被帝嚳像是寵物一樣豢養起來，所有的情感都被吞噬。原本小咪就是內丹所化，擁有的情感就非常稀少，一旦被吞噬，就恢復到無情無緒的內丹狀態，但現在……

殷曼卻感到這個雙生姐妹般的另一個自己，悄悄在空白的心靈中，長出稚弱青翠，名爲「感情」的幼苗。

甚至可以傳達到她的心底。

小咪。她無聲輕喚。妳可聽得到我的聲音？

長久的沉默，直到殷曼都黯然，才聽到一聲極爲緲弱的嘆息。雖然嘆息，卻沒有怨恨。

所謂完整，到底是什麼？枝枒脫離了本體，插枝到土壤，這樣，還可以說是同一棵樹嗎？

她就是她，小咪就是小咪。自從她們各自化人的那刻起，就只有種血親的關係，再也不是同一個人了。

「但我依舊關愛著妳。」殷曼無聲地說，「妳是我的姐妹和族民。」

回答她的，只有一片安靜溫柔的沙沙聲，像是海浪般。

回到人間，雖然不過三年，卻讓她發現了一種躁動不安的氣氛。

最讓她吃驚的是，殷塵蒼老了許多。不過十來年的光景，他卻老了許多，原本的少年模樣成了有愁紋的青年，這在飛頭蠻中是不尋常的。

但更不尋常的是，他緊緊牽著一個八、九歲大的女孩兒，卻不見館長的蹤影。

「……這是館長媽媽的女兒？」君心錯愕，「那館長媽媽呢？」

小女孩輕笑，殷塵溫柔悲感地撫摸她的頭髮。

殷曼注視著這個小女孩，即使淡漠自持，她的聲音還是有些不穩。「……館長？」

「現在我叫錦瑟。」她聲音嬌嫩，卻語氣成熟。「你們都餓了吧？我聽塵說了，你們遠從冥界歸來。坐一下，很快就可以吃晚餐了。」

她轉身進廚房，俐落地打開冰箱，墊著木箱炒菜。

「這是怎麼回事？」君心亂成一團，「爲什麼館長媽媽……」

「呵。」殷塵輕笑，從容地泡茶，「那年……列姑射大地震那年，錦瑟突然倒下來。」

回頭看了眼錦瑟，他眼中有著悲愴的溫柔，「一年後我才尋回她。魔性天女……眞不知道她怎麼想的，完全沒將她洗去回憶，就這樣將一個成年的靈魂放在嬰兒裡頭，口不能言，驚慌失措的……」

「塵，別說了。」錦瑟捧著菜出來，「就跟你說過，別去想了，沒事的。」

殷塵張了張嘴，卻沒再說話。當幾乎發狂的他終於找到錦瑟時……那個才幾個月大的孩子，對他靜靜地流淚。成年的魂魄，困在嬰兒的軀殼，必須由人沐浴更衣，痛苦地躺在自己的污穢中，毫無自主能力。

這對錦瑟眞的太難堪，如此優雅成熟的女子。

但事情過這麼久了，他還是很難忘記失去錦瑟的感覺。就算現在錦瑟就在他身邊，突然湧起的心慌乾渴還是可以緊緊掐住他這個大妖的心臟。

看著他怔忪地撥著飯粒，錦瑟低頭片刻，殷勤地招呼殷曼和君心吃飯。稚童的外表，卻有著太超齡的熟悉，是種強烈的違和感。

「……我一點也不知道。」殷曼有些失落，「殷塵，雖然我幫不上什麼忙，但是……」

我們畢竟是世上唯一的親人。

「……連睡覺吃飯都忘記，哪記得起要求救？」殷塵回過神，溫笑著，「過去了。」

看著他，錦瑟心底湧起微酸的溫柔和滿滿的情感。

大家都叫她館長，幾乎沒人記得她的名字。她年紀尚輕就在這個圖書館，就這樣過了半生。

終生未婚，卻不是因爲讓所屬都城看上，而是她的心底住著一抹無法磨滅的影子，一年年、一月月地等待著，等待那個幾乎不可能出現的異族。

只是一回眸，卻成了她的一生一世。

她曾經想過，這樣的等待和情愫是否都爲虛妄……但她發現，除了等待下去，其他都不想要。

於是她等了。等過了芳華最盛的青春，等過了最好和最壞的年頭，等到一切褪盡，僅留餘芬，而年近半百。

等到沒人記得她的名字，她自己也幾乎遺忘。

直到那一天，他走進圖書館，注視著她，她收藏緊密的情愫才在那剎那間怒放，像是緘默的錦瑟被撥了猛烈的一弦，餘韻饒樑不絕。

不可能實現的夢想，多少夜裡的自傷和自疑，都在此時此刻得到了彌補。即使她的餘生已過大半，即使她已經衰老，但她的內心依舊是那個銘刻深影的少女，從來沒有改變過。

那名喚殷塵的飛頭蠻異族，就這樣留在她身邊，用一種奇異的耐性對待她，像是透過衰頹的肉體看到她的靈魂似的。

能夠聽到他親口喊著自己的名字，能夠得到他的承諾，她覺得，此生已然圓滿，別無所求。

所以，當都城天女驟然取走她的生命，並且將魂魄拖出來時，她沒有抗拒，或許是因爲，她在生命最豐美的時刻死去，說不定才能眞正凝固這豐美的一刻。

但她的思念這樣的深，以至於她無法忘記殷塵。即使是死亡，即使是轉生成胎兒，她依舊不能忘懷。

所以蜷縮在羊水中，她就開始哭泣，並且哭得極哀。

抱著她冰冷的屍體，殷塵好一會兒都無法感受到任何情緒。

太突兀了。

前一刻她還笑語嫣然，下一刻，她已經倒下，失去了呼吸和心跳。

他不能明白。

的確，人類的生命短暫而脆弱，許多微小的疾病和災害都能讓他們死亡……但不該是錦瑟。

她一直很健康，並且還是重慶都城的管理者。能夠殺死她的只有無法抵抗的衰老……或者是都城的意志。

她的時間未到，這是爲什麼？

懷裡的女人漸漸冰冷僵硬，千百年來，他頭回如此混亂。

「……魔性天女，爲什麼？」他輕輕地問。

但都城不語，像是強忍住巨大的痛苦，回應他的只有陣痛般的緘默。

身爲擁有若干神性的飛頭蠻，殷塵知道，有種極度險惡的陰霾鋪天蓋地的，在遙遠的未來虎視眈眈；但他更不了解，爲什麼在這樣艱困的時刻，都城卻強行收割了管理者的生命？

「……我說過，我會去找妳。」他將錦瑟開始腐壞的屍身埋在圖書館的後院，喃喃地說，「妳等我了一生，現在換我去找妳。人類擁有不滅的精魂……我會找到妳。」

他起身，再也沒有回顧的，走入茫茫人海。

活過漫長歲月的他，曾經以爲他知道折磨和痛苦是什麼；曾經以爲，他已經知道什麼叫作寂寞和度日如年。

但這段尋找的歲月中，他才了解，他對痛苦的了解太淺薄。

不過是一年的光景，他的頭髮已經全數爲銀，焦慮和苦痛幾乎將他的靈魂燒成餘燼。

冷漠的他不斷向都城祈求，但得不到任何回應。他就這樣煎熬的、孤獨的在都城範圍內尋找，就像是錦瑟漫長而沒有希望的等待，都濃縮在這一年徹底反饋。

直到錦瑟的忌日，魔性天女終於看了他一眼，這位性情暴烈的天女，飄著火焰似的長髮，指向都城西南方，他極目而望，看到了重新出生了幾個月的錦瑟。

他所有的痛苦，這才獲得痊癒的希望。

君心和殷曼在重慶住了一段日子。這段旅程雖然是透過殷曼的微塵，但她依舊嬌脆，耗了太多精神，需要休養。

雖然館長媽媽變成了小錦瑟，但君心和殷曼實在經歷了太多風霜，很快就適應了。說不定，他們對於外貌根本就不掛懷。

他們很平靜地接受了錦瑟的照料和溫愛，不管她外表不過是個小女孩。

殷塵的家在重慶的郊外，一個小小的山谷，種滿了竹林。後來殷曼才發現，即使轉生，魔性天女還是頑固地選擇錦瑟當管理者，山谷內的竹林，充滿了不明的呼吸。

整個圖書館的人魂妖魄，幾乎都轉來這個竹林。這是另一種形態了，迥異於列姑射都城。

「其實基礎原理是一樣的。」錦瑟淡淡地說，「舒祈開檔案夾，我是竹節。每個竹節自成一個世界……我們都是少有的、擁有役鬼天賦的管理者。」

君心咽了口口水。講白點，舒祈好歹把鬼魂都裝在電腦裡，眼不見爲淨，他們現在可是被一大群鬼包圍著，還飄著竹葉的沙沙聲。

錦瑟一直溫柔地照顧他們，直到他們要返回中都，她若有所思的看著他們，稚嫩的臉孔滿是憂鬱。

「剩下二十年。」她靜靜地說，「天帝就只能活這麼久了，到時候……」她短促地笑了一下，「這是片很大的陸塊，不像列姑射遺址那麼簡單，我還能保住多少，我也不知道。但魔性天女決意犧牲，我也不會逃避。」

低下頭，她的淚在眼底打轉，唇角卻是了悟的笑意。殷塵還不知道她的決定，他甚至不知道爲什麼魔性天女暴虐地取走她的魂魄又轉生。

每個都市的個性不同，北都天女慵懶而放蕩，她的天女卻性格堅決暴躁。所以北都天女停住舒祈的時間，她的天女卻硬扔掉她的舊軀殼。

但不管是哪個城市的天女精魄，都有相同的願望和決定，而她們這些管理者與城市精魄一體同心。

「我將伴隨天女，自沉這個陸塊的根柢……希望可以保住屋脊。」她平靜地說。

殷塵飛快地看她一眼，卻沒有作聲。他知道了，早就知道了。錦瑟苦澀地想，這次就算他想追來，也沒辦法了。

她將在二十八歲那年，青春最盛的時候，將自己埋在最深的根柢裡，沒有機會再老一次，沒有機會再死一次，等待殷塵來尋她。

「不！」君心喊起來，「館長媽媽！」

「君心，」她耐性地安撫，「我看過『未來之書』……」

「我也看過，還差點被侵蝕！」他勉強冷靜下來，「不，不會的，我不會讓這天來臨。」

若說他之前的願望還有絲毫不甘願或痛苦，現在也泯滅殆盡。他知道館長和殷塵所有的故事，館長媽媽在他最淒涼的時候，給予他屬於人類的親情。

她的願望和渴求，痛苦和卑微，他最清楚。好不容易轉生了，不是嗎？她就要長大，可以用芳美的年華伴隨永遠不老的殷塵了，不是嗎？

他知道會怎麼樣。所有的天女精魄會絕望地高歌，然後自行解魄，好守護自己的城市，而這些管理者會成爲心甘情願的人祭，非生非死地埋在根柢，直到永遠。不會轉生，沒有後來，就是這樣孤獨地囚困，就算世界毀滅崩潰，都未必可以脫離。

永遠永遠的無期徒刑。

不不，絕對不行。

「請魔性天女等一等。」君心的眼淚奪眶而出，「館長媽媽，我和繼世者同時出生，我可以的……求她等一等。我不會讓妳們消逝的……相信我。」

錦瑟安慰他很久，才讓他稍微放心。他和殷曼離去的背影，像是壓了千百斤的重擔。

靠你一個人……或幾個人是不行的。錦瑟默默地想。魔性天女沒問過她，但她是願意的，就算只有一絲可能，她也想反抗看看，她不能忍受坐著等待別人拯救……她已經坐太久了。

她只放不下，糾纏了兩世的情愁。

「我會與妳同去。」殷塵靜靜地說。

「不，不要。」錦瑟回頭，「我只願你好好的，你還會遇到另一個人……」

「要，我要。」他很平靜，「所有的種族都有消逝的一天，我想，我接受事實了。但我沒辦法接受，妳離開我這件事。」

粲然一笑，這是錦瑟首次看到他的開朗，像是破雲的明月。「跟妳一起，就是我想得到最好的事情了。」

張大眼睛，錦瑟稚嫩的唇微微顫抖，終究沒說任何話。

她想說的，其實殷塵都知道了。

返回中都，楊瑾沒說什麼，卻明顯憔悴很多。

他和殷曼，欠這位心理上的父親許多，但楊瑾說：「父子家說什麼欠不欠，想做什麼就做去，我總是在的。」

到這個時候，君心才發現自己大錯特錯，錯得非常離譜。

他曾經怨恨人類、憎惡神明，認爲人類萬惡，而神者無明。但他卻忽略了，人類是個族群，而不是一個人可以代表，神明也是如此。

他曾經認爲普世唯有殷曼才是他的天、他的地，唯有她才是一切，但若沒有這個愛恨糾纏、殘酷與善良交織的世間，就不會有殷曼，不會有他。

當然更不會交會。

而他們身在這個人間，這個苦楚與歡愉共舞的人間。

陪著楊瑾住了幾天，他們回去自己的舊居。這個貌似鬼屋的平房居然空了這些年，一點改變也沒有。

滿室生塵，君心自己修復的痕跡，歷歷可數。

他們在這裡度過了一段平靜的生活，沒有擔驚受怕，不用怕牽連了誰。真正的，用自己的腳站起來，自力更生。

仔細想想，他這憂思不斷的半生，也曾有過很不錯的時候，像是在小鎮隱居，在這兒開「幻影徵信社」。

人生原本就是由這些細碎的快樂所組成。雖然一切都有個期限，但就因爲這期限而美麗。

他們默默地打掃，擦亮招牌，接待了幾個客人，回收了兩顆微塵，試著過相同的生活。

但他們知道，命運的號角還是會響起，終究，他們還是得起身行動。

距離末日，剩下二十年。

舒祈捎信要君心去見她，他立刻就啓程了。

封天絕地並沒有讓都城清靜，反而更顯出一種躁惱的囂鬧。像是向來慵懶豔笑的魔性天女心情極度惡劣，整天整日地下著凶暴的雨。

他溼淋淋地走入舒祈的破舊公寓，有些傷心地發現，她和十幾年前一樣，一點都沒有變。魔性天女眞的停住了她的時間，不讓她衰老死去。

這些都市眞是任性。他苦澀地想，她們沒想過這些管理者依舊是人類，需要正常的生老病死。

「打掃和打字……我欠了妳很多年。」君心開口。

舒祈看了他一會兒，露出笑容，「你居然還記得？罷了，都什麼時候了……現在我連走出大門都不能，空閒時間很多，也不用人打掃了。」

他笑了笑，居然有張乾淨的沙發讓他坐，屋內還是親切的混亂，但已經看得到地板了。

「司徒呢？」他問，「聽說他來妳這兒了。」

舒祈安靜下來，空洞地看著虛無。「……嗯，我叫你來，就是要交付他要給你的東西。」

舒祈遞給他五個管狀玉簡，大約只有小拇指一節的高度，細細的。

「這是他花十年心血翻譯出來的成果。」舒祈輕笑一聲，「我不懂這個，不過茅山派十一代掌門人誇獎他是難得一見的靈慧學者。」

「他回家去了？」君心問，「把白姑帶著嗎？」

舒祈好一會兒沒開口。

「他死了。」她想笑笑混過去，卻沒有成功。「這幾年他到處尋找資料，旅行途中……出了意外，這些玉簡是白姑拚死帶回來的……沒多久也傷重死掉了。」

君心的眼睛緩緩睜大，充滿了不可置信。怎麼可能？那個聒噪的傢伙怎麼會死？犯得著為了個破玉簡的翻譯送命嗎？他怎麼可以就這麼死了？

「……不可能。」君心微聲說，「他……我是說，他是個很厲害的道士啊！怎麼可能有誰殺了他……」

「他折了半生壽算，修仙又還沒有個基礎。」舒祈淡淡地道，「等我知道的時候，他已經入了輪迴。」

緊緊握住玉簡，君心只覺一片茫然，卻不覺得傷心。對司徒的死，他實在產生不了任何實感，他壓根兒拒絕相信這種事情。

太荒謬了。

「他讓白姑帶話。」舒祈笑笑，「說，希望他的死亡，讓你認眞面對接下來的難題。」

聽到司徒的遺言，君心的淚才像是受了驚嚇般，湧了出來。

當然他也帶了話給我。舒祈默默地想。不過這不用對任何人說，只是我的回答司徒永遠聽不到了。

司徒，你這笨蛋。真想這樣當面對他說啊，真的很想……

直到舒祈遞了杯茶給他，才讓他的哀痛稍微平復一點。

「……這是什麼？」像是痛楚的心注入一股撫慰，暫時抹平了上面的傷痕。

「萱草，又稱忘憂草。」舒祈淡淡地說，「你還有你的事情要辦……再說，在我這兒哭也不像話，你的情感容易感染別人，我這兒的檔案夾要淹大水了。」她試圖轉移話題，「殷曼呢？她怎麼沒一起前來？」

「她去求見夫人。」

舒祈抬眼看他，眼神複雜，但她沒說什麼，只是又倒了一杯茶給君心。

「……管理者，」君心舉起玉簡，「妳看過內容沒有？」

「看了。」舒祈淡笑，「司徒把禁制破掉了，後面的非常精采。你先看看吧。」

君心大略瀏覽一下內容，越看眉頭越緊。這五個玉簡所記述的令人瞠目，除了詳細敘述了如何將天柱「還原」，後面還詳記了天孫所有罪狀，從天上到人間，鉅細靡遺。

抬頭困惑地看著舒祈，「還原天柱應該是出自王母手澤。但帝嚳的罪狀？」

舒祈聳肩，「『不周之書』的內容有添補，連那個禁制都是被改動過的……若是王母禁制，我想誰也打不開，我猜罪狀和禁制改動，都是下凡歷劫的帝嚳所爲。」

帝嚳。君心有些猶疑不定，他搶走了小咪，讓天使公寓的所有居民死亡，殷曼的破碎他可說是始作俑者……但他妖化大鬧天宮，差點被王母殺死時，他卻意外地伸出援手。

沒錯，君心很恨他，但對他的恨意卻雜著絲微困惑。

「你回去好好看看，雖然司徒的譯筆實在不高明……看原文還容易懂些呢。」舒祈支著頤，「我『邀請』過天孫來作客，但實在是個難以交談的人。若非天孫，我大約會覺得他該關在瘋人院……只是天帝派了使者來接人，我又不能說不要。」

她仰頭想了一下，沒頭沒腦冒出一句：「你知道十八世紀的倫敦，除了開膛手傑克，還有一位挾斧女嗎？」

君心張大眼睛，「……我不知道。」有些摸不著頭緒。

「這位挾斧女是個高尚人家的婦女，溫文儒雅。但她在子女過世以後，就一直苦於頭痛和失眠，最後她相信劈開人的頭顱可以吸取睡神，於是就這麼做了。」舒祈翻了一會兒，遞給他一本小冊子，「當時辦這案子的警探收藏了她的筆記，『居民』知道我對這種異常有興趣，翻譯給我。」

君心接過手冊，卻還是不懂舒祈的意思。

「對於某些心性正常，卻樂於殺人的連環殺人狂，他們不過是披著人類外皮的掠食者，將自己的眷族當作取樂的工具，我對他們既無憐憫，也無興趣。但另外一些，苦於精神疾病者，我就眞的很難如此冷血。若被瘋狂徹底宰制，說不定對他們來說，還幸福一點，但他們的瘋狂往往只是一陣子，而神智清明時卻飽受苦楚。

「挾斧女的筆記詳細記下所有的罪行，甚至會去被害者墳前哀悼，這類的罪犯通常都會留下強烈的訊息：來殺我，阻止我。」

君心只覺得陰冷的風透體而過，悲泣哀號，寒毛都豎起了。

「……妳覺得帝嚳也是這樣嗎？」君心問。

「他身分太高貴，所以沒辦法得到這種悲憫。」舒祈回答，「若不是我有我的事情，我倒是很想去終止他的悲劇。」

握著玉簡，君心躊躇了一下。「舒祈……妳是否也要自沉根柢？」

她不回答，只是笑。

「跟館長媽媽一樣？」君心低聲，「妳也看過未來之書嗎？」

「我跟都城都不會看到未來之書。」舒祈輕笑，「魔性天女並非創世者所造，而是被當成一個可愛的意外，所以未來之書的效力對我們沒用。所有的都城都根植於大地，我們無須未來之書也能互相了解通訊，這是合理推斷的結果。」

「我有我的事要做，你也有你的。」她一派平靜，「你下定決心了嗎？」

君心望著她平凡的臉孔，覺得她和魔性天女意外的相似。

「是的，」他輕聲回答，「我已經決定付出所有。」

第五章　鍛冶

夏夜和紅十字會內部有了一個小小的祕密結社，名字就叫作「微塵」。這些人多半是研究員或位階不高的行政人員，但卻默默收集送到夏夜或紅十字會的某種可疑碎片，集合起來，層層密封送到中都的「幻影徵信社」。

這個非正式的團體，是由列姑射的某個官員發起的，得到夏夜大師傅的默許，口耳相傳，成爲夏夜或紅十字會的一種故事和傳奇，知道大妖殷曼和她的人類小徒艱困的旅程和悲歡離合，知道這些令人移不開目光的微塵乃是殘缺大妖的碎片。

這些故事與禁咒師和她的徒兒明峰差不多精采，也同樣的令人感動。在這個人心惶惶的時代，許多流言和災害層出不窮，這兩對師徒的故事卻煥發出一種堅毅不屈的況味，讓這些不在第一線的後勤人員覺得……

很想爲他們做些什麼。

這些小小的、沒有什麼目的的善意匯集在一起，使得微塵收集的速度加快許多，即使不是直接給予微塵，也會告知微塵可能的下落，或是提供一些寶貴的情報。

這大大減輕殷曼和君心的負擔，讓他們有更多的時間修煉和研讀玉簡。

分頭見了管理者和夫人，都得到很珍貴的情報和忠告——雖然夫人和管理者的態度大不相同。

管理者支持君心的決定，「就算你不眞的是彌賽亞，但你和當代彌賽亞同時出生，這絕對不是偶然的。或許你缺乏啓動自沉地維的記憶和儀式，但你掌握著還原天柱的契機，你若能還原天柱，我可送你一程。」

但夫人卻憂鬱地笑，要殷曼回去，珍惜和君心僅存的相遇，別管這檔事。「自然有人接手，你們吃的苦也夠多了。」

「你怎麼說？」殷曼問著君心。

「大幹一場。」他笑著回視殷曼，「不然怎麼對得起司徒？爲了這玉簡，丟了一條小命。」

殷曼也笑。當末日就在眼前，所有的迷惘和疑惑都消失殆盡，既然一切都將到盡頭，似乎也無須考慮了。

這反而讓她的心緒非常澄澈，像是無雲的長空。

「好啊，」她說，「那就大幹一場吧。」

他們著手研究玉簡。雖然司徒已經翻譯出大部分，甚至破壞了禁制，但關於還原天柱的部分卻有一小部分還是艱澀難解。

這是神的文字，應該是王母玄的親筆。但他們還是靠著許多注釋解讀出來，這是將近一年多的成果。

從冥界歸來至今，已經兩年了，當他們能夠解讀，一直幫助著他們的注釋突然解構，幻化成燦爛的地圖，標示著「封印物」的地點，然後消失無蹤。

要還原天柱就需要一個「封印物」，像是王母手中的滅日刀，但他們手裡不會有滅日刀，注釋卻提醒他們有個取代用的「封印物」。

這些注釋應該是帝嚳的手澤。他們猶豫不決，不知道該不該相信。

「這是唯一的線索。」殷曼說。

「我知道這是什麼地方。」君心站起來。

「我也知道。」殷曼的眼神變得遙遠，「這是崑崙，天界在人間最大的通道之一。」

他們用最平常的方法去了崑崙，就像凡人般，搭飛機、鐵路、公車。將來要面對的是什麼，誰也不知道，能夠保留一點實力就算一點。

等他們長途跋涉到了崑崙山附近，知道眞正的崑崙還很遙遠。人類的眼睛和科技都容易欺瞞，何況是古老神族奠基的龐大結界。

已經得回不少微塵的殷曼，無須倚賴君心的神力，可以自行反轉結界，帶領君心進入了，一來她的力量恢復得很快，二來……這原本就是她的第二故鄉。

進入崑崙，滿目瘡痍。開明的遺體依舊矗立在入口，成爲巨大的岩石，和崑崙的地脈連成一氣。

這裡，曾經有過一場大戰。不知道是王母的恚怒還是開明的怨氣，使得廣大的崑崙依舊是廢墟一片，寸草不生，遠處碧翠的青要之山顯得孤零零的。

「那是降霜女神的轄區。」殷曼指著，「天帝的下都，青要之山。」

「我知道。」君心凝視著，「她不見外人的。」

說不出是什麼滋味。看見前生的遺體，前生的風景，明明就在眼前，卻缺乏實感。難以言喻的惆悵。

但這惆悵沒有多久，在他來得及意識到發生什麼之前，已經驟然妖化，拉著殷曼飛起。

幸好他飛得快，不然巨劍已經砍進焦土中，接近一人深。

身穿燦爛金甲，頭盔下是張俊美無儔的臉孔，亢奮得幾乎難以壓抑。

「……帝嚳？」君心輕呼。

但這金甲神人卻不回答，反手劈下第二劍。

這石破天驚的第二劍，讓殷曼的防禦珠雨擋住了，妖化後的君心和飛劍齊齊攻去，卻讓金甲神人迴劍卸去所有的攻勢，踉蹌倒退好幾步才穩住腳。

瞥見他身後無影，殷曼凜然起來。這是帝嚳的幻影，他神通至此，即使是幻影也如此了得？

君心也嚇到了。他和附身羅煞的帝嚳交手過，一直深恨自己沒有認眞修煉，以致落敗，看著帝嚳血洗天使公寓，然此時他氣海已開，雖然還不能純熟運用，也已非昔日。

但幾乎擋不住帝嚳幻影的一劍。

他畢竟是天孫，曾經代天帝攝政，神魔大戰時武功顯赫一時，魔族與他方天界聯軍望風而逃的武勇天神。

能退麼？已經沒有退路了。他和殷曼相視一眼，殷曼絞擰髮刃，他則匯集飛劍爲勉強接下一招。

帝嚳幻影既無使術，也無花招，就是明明白白的以劍相邀，但他的劍招卻挾帶著氣勢萬鈞的狂風，合殷曼君心之力必須使盡丹田之氣，才能不被劍氣砍倒。

僅僅是力量而已。殷曼心驚起來。非常純粹的力量，但卻這樣的可怕，若要拚力量，她和君心加起來也拚不過，最後只會力盡而死。

君心也明白，卻被激發了豪氣。他忘記了對帝嚳的恨和猶豫，也忘記了他的目的，只是單純的想知道，他有沒有辦法辦到，這讓他生澀地運轉氣海，試圖扛下帝嚳的巨劍。

殷曼瞥了他一眼，苦笑著搖頭。她催動防護珠雨，卻感到異常滯怠，逼得她得轉動不成熟的元嬰，才能使出差強人意的防護。

我們身在一個巧妙的禁制中。殷曼暗叫不好，她的珠雨是飛頭蠻獨傳的，藉助水氣和生氣所組成，但這崑崙廢墟的禁制幾乎將水氣和生氣都隔絕，她得費更大的力氣才能啓動。

這是場慘烈的戰鬥。他們兩人一直居於劣勢，後來是殷曼專注於防護，君心專注於攻擊，以盾和矛攻防合一的狀態才勉強擊退帝嚳的幻影。

他們幾乎已經站不起來了，互相扶持著，這時候，恐懼和慶幸才湧上來，但安心沒有多久，背後傳來森冷的笑。

幾乎是絕望的回眸，幻影重新凝聚，帝嚳的神情顯得有些詭異，眼中佈滿血絲，他伸手，由天而降的雷如龍如蛇，挾帶著令人疼痛的靜電和細微雷珠奔騰而來。

「止！」殷曼嬌叱，合掌擋住雷蛇攻勢，卻被強大壓力往後狂飈，在地上落下極深的兩道足印，君心趁隙斬向雷蛇，卻被雷霆閃電流竄全身，幾乎停了心臟。

「……別小看我，我可不只是人類啊！」猛然催勁，他斬斷雷蛇，全身毛髮發出輕微的滋滋聲。

永無止盡的戰爭。打倒了帝嚳幻影，未久又生出更強更恐怖瘋狂的幻影，他們必須使盡全力才能抵抗。

但漸漸的，殷曼覺得有些不對。在第四次的幻影砍斷了君心的手臂時，殷曼搶救不及，幻影卻沒有趁隙砍下君心的頭顱。

像是戲耍老鼠的貓……或者是訓練課程。

雖然也感到荒謬，但她卻直覺地覺得應該是後者。

她冷靜下來，持咒喚出小封陣，將君心拖了進去。

君心幾乎是馬上倒下，只能大口喘氣。

殷曼審視著他的傷口，非常乾淨俐落，只剩下一點點皮連著，飛劍也幾乎力盡，黯淡無光。

但這樣生死一線間的戰鬥，卻讓君心豐沛的氣海更圓熟融合。她沒有說破，只是幫君心療傷，縫合骨骼和肌肉，然後坐下來冥想運功。

望著她泰然自若的絕美臉龐，痛得要死的君心反而笑了起來。

眞的是越玩越大了。第一次他們逃到小封陣，是因爲帝嚳的門生羅煞，這次，則是對峙帝嚳幻影，敗德殘忍的天孫。即使只是影子，他也差點沒了一隻手臂。

將來，他們還要上天挑釁，挑戰眞正的本體，不知道會不會連腦袋都玩完了。

哼，要玩就玩大一點，所以不能在這裡玩完了自己的命。他要和殷曼，一起活下去，一起面對他們的最後。

擔憂害怕有什麼用處呢？那完全不會讓事情變好，去做吧！像現在這樣，坐而言不如起而行。

殷曼睜開眼睛，看到君心的注視，微微一笑，「不養養神？不然試著運氣療傷也好，看著我做什麼？」

「這比運氣療傷養神什麼的都重要。」他捲著殷曼垂下的長髮，「我在想，該怎麼求婚適當點。」

她緩緩睜大眼，這個泰然自若的大妖居然淡淡地紅了臉。

「我想不出很羅曼蒂克的求婚詞欸。」他齜牙咧嘴地坐起來，乖乖，斷臂的痛還眞要命，「而且我痛成這樣，大腦都成了漿糊了。跳過浪漫好了，小曼，我們若活著走出崑崙，就結婚吧。」

她將頭轉開，沉默了很久，才很小聲地說了一聲：「嗯。」

還以為我會樂得大叫大跳翻跟斗，結果……結果沒有。

他只是用一隻手臂摟住殷曼，一面唉唷，一面將額貼在殷曼的太陽穴，而他那淡漠冷靜的大妖師父，輕輕地轉過頭，和他對著額，有些羞怯地回抱他。

「這下子，」君心喃喃著，「就算世尊親臨，也非抱歉地把他請回去不可，何況是天孫大人呢？」

殷曼噗哧笑出聲，輕輕拍了他一下。

就在這個時候，小封陣開始龜裂、崩潰。

眞是心急，但有什麼可以心急的呢？殷曼收斂心神，「行了麼？」

雖然極痛，但君心已經可以轉動手腕了，「行了。」

他們一起殺了出去，再度與帝嚳幻影對峙。

這已經是第五次的幻影了，面容越發猙獰，慘白俊美的臉龐露出細小尖銳的虎牙，瞳孔縮小到只剩下一點點黑，外圍是銀白的瘋狂。

已經不再純粹是力量，加入術法和防護，禁與咒。

很厲害，眞的。殷曼驚歎，即使只是幻影，但攻防完美，體術兼備，幾乎無隙可趁，由幻影推想本體，帝嚳本人恐怕比此厲害千百倍。

而且應變敏捷，面對他們二人，依舊可以快速回應，不至於被虛招騙倒。

即使是殷曼最全盛的時候，面對第五幻影可能還可以勉強平手，若面對帝嚳本人……大約走不出十招。

再從他的注釋和文雅有條理的記述來看，不是只有武力，他還頗有才智，術法精妙，這倒讓她爲難起來，不知從何下手。

但是，他曾經讓管理者舒祈「邀請」去作客，那是不是……舒祈的法術可以克制他？萬物相生相剋，再厲害也是有剋星的，這有可能。

但，管理者舒祈用的是哪種法術？這倒是誰也不知道，眞眞難倒這個博學型的大妖了。

舒祈的力量，來自都城，不受創世者所造的都城魔性天女，這更好笑了，距離最近的是黃沙瀰漫的古都，尚在百里之外，而且不見得願意理她這個陌生大妖。

第五幻影的攻勢越來越緊，她的防護珠雨破碎紛飛如蝶，已經撐不住了，眼見就要讓巨劍劈成兩半，而幻影眼中不見任何悲憫遲疑，劍氣已經劃破殷曼的額頭了……

保持大部分人身的君心卻伸爪抓住巨劍，露出獠牙怒吼，被強烈劍氣所傷的手掌鮮血淋漓，點點滴滴落入土裡。

「我明白了。」沉默至今的幻影開了口，「原來要這樣。」

他踏足，引起強烈地震，震波將君心和殷曼都震開，行雲流水般劈向殷曼，劇烈的破空聲和劍氣，翻湧土地，擊碎土壤，直向殷曼而來。

他不會饒我活的。殷曼恍然。他眞正要教的是君心，爲了要教會他什麼，不會容我活的。

電光雷火間，她下意識地執起祭禮。這是古老到接近失傳的人類法術，祭祀都城的祭禮。

當然，她若死了的確可以激發君心最大的潛能，但她不願意。她不願意放君心一個人，然後陷入比死還痛苦的孤寂中。

我答應嫁給他，而且準備同生共死了。

她決心力拚到底，但遙遠的古都沉默如死，一點回應也沒有……

然而，她擋住了這恐怖的致命一擊。正如她所料，能夠克制帝嚳的唯有不受創世者影響的都城魔性天女，但回應她的，卻是深在她靈魂微塵中的新世界。

那個讓他們借道，從冥界歸來人間，由一個亡靈的夢所存在的新世界，已經有了都市。

新世界的第一個都市，不但誕生了魔性天女，也回應了她的祭禮。

她的頭髮被暴烈劍氣與狂風刮得獵獵作響，臉孔生疼，卻穩穩地接下這一招，幻影首次露出瘋狂以外的情緒，詫異地看著她。

就是這一秒的停頓，讓君心將他撞開，一膝跪地。他眼中迷惘更深，卻湧出笑意。

殷曼覺得全身的力氣都在奔流，不斷從體內流出，君心的妖化也在消退，原本乾枯的大地，連岩石都爲之粉碎。

帝嚳可以操縱力流？殷曼變色。

大地哀鳴，以幻影爲中心，開始隆隆地往下陷。

幻影應該是禁制的一部分，一定有咒物或陣眼。殷曼飛快地掃了一眼，發現有處山石不爲所動，甚至還有幾株瑤草。

力量已經完全流失，但她可是大妖殷曼，屬於飛頭蠻最後一個遺族，她的頭髮瞬間蔓延，飛快如長鞭打碎了那處山石，一個閃亮的東西飛了起來，原本緊壓著的壓力突然消失，幻影發出轟然的笑，消失無蹤。

她和君心面面相覷，吃力地走上前，審視那個東西。

那是個不規則的、充滿銳利邊緣、琉璃狀的破片，但想用手去拿，就會被灼燒並且凍傷。

「……這是什麼？」君心小心翼翼地驅使頭髮去取。

殷曼很想說，她不知道。但她晉見夫人的時候，卻常常看到這類似的東西，只是已經死亡，只剩下骨骼。

夫人的樹樣寶座，事實上是天柱殘存的部分。

但這個破片，卻是「活」的，是天柱精魄的一部分。

「我不懂。」殷曼非常困惑，「這應該是帝嚳元神的一部分，但他爲什麼掏出來……」光想到那種劇痛就令人不寒而慄，就像活生生的從體內挖出一小段骨骼。「然後埋在這裡當封印物呢？」

君心舉著不斷燒斷頭髮的破片，凝視了好一會兒。「我也不懂，但他的要求，我收到了。」

舉步要走，君心卻湧起一股詭異的不安。

他修爲和見識都不如苦學博聞的殷曼，他比較類似野性動物，仰賴直覺很深。只是一秒間的疑惑，禁制已去，爲何崑崙依舊緘默如死？

在意識到之前，他已經急回身，將殷曼拉到身後，並且驅使飛劍防守，但要防守什麼，其實他還不知道。

只見讓殷曼打裂的山石無聲地開著口，什麼也沒有。

但那幾棵東倒西歪的瑤草卻像是被潑了濃鹽酸，漸漸融蝕消失。

不妙，太不妙了。

雖然不知道是什麼，但君心和殷曼都本能的感到極度驚懼，比面對天孫幻影時還可怕多了。

天孫雖然神威顯赫、武功術法高超，終究有來歷，有形有體可交手，但這在烈陽下無形無體的「東西」，卻誘發了他們對於「死亡」、「毀滅」的迴避本能，猶如野獸畏火、蝙蝠懼光。

與勇氣無關的，生物的本能。

「快走！」君心緊急妖化，抓著殷曼飛起，她回頭望，見到那個裂著口的山石先是發出奇怪的呻吟，然後噴湧出類似火山灰的玩意兒，原本無形無體的東西，因爲數量巨大，顯露出灰濛濛如夜霧的形態，接著嗡然發響，聚集而昂揚，甚至兵分三路，惹得君心分神，甚至被撞了下來。

若不是飛劍防護在側，恐怕早就遭殃了，但抵抗夜霧的飛劍表面開始融蝕，光芒漸漸隱退。

這時候殷曼才驚醒過來，佈下防護珠雨，但她瞠目看著一顆顆珠雨讓蝗災似的夜霧吞吃消失，這是她從來沒有見過的形態。

她即使殘缺不全，畢竟靠勵志苦讀找回不少知識，但她對這種蝗災夜霧卻沒有半點印象，這太不尋常。

但君心心底雪亮。被未來之書侵蝕過，被奪走許多，但也得到更多不該有的知識。這是「無」——各方天帝得以長生的祕密，原本是概念性，相對於存在的「有」而反面的「無」，在神界大戰的時候，被瘋狂求勝的天人賦予毀滅的意志，造成天杜頹倒的元凶。

之後「無」一直潛伏在地底，不斷吞噬地維，這也是爲什麼歷任的彌賽亞、繼世者要自沉地維的緣故之一。

爲什麼會在這裡？就在封印物所在，如此靠近地表，甚至靠近天界的地方？

但他發現，他沒有可以驅離「無」的武器。所有靠近的物體都會被吞食，火燒、水淹、武器揮砍都沒有用，他靠飛劍護體才勉強支撐，而殷曼的珠雨被逼得範圍越來越小，越來越濃密的蝗災夜霧將她包覆得只剩下一個形體。

他渾然忘了一切，理智也蕩然無存，他的瞳孔瞬間只出現一點點黑，被銀白的火樣狂怒包圍，在那瞬間，他可能什麼都想了，也可能什麼都沒想。

他的殷曼，他的飛劍，伴隨他這顛沛半生的一切，渡過多少危厄，甚至熬過了帝嚳幻影的試煉，不是讓你們這些什麼都不是的玩意兒吞吃的！

就在這個點上，他的心意傳達了殷曼和飛劍，使之同步，這也是第一次君心自主性的引發天之怒，原本威猛毀滅的天雷馴服在他的狂怒之下，盡數打在天柱精魄殘片之上，將夜霧似的無逼回深深的地下，僵死休眠。

逼退了數量龐大的「無」，君心卻沒辦法克制被狂怒吞噬的心靈。他的眼前一片雪白，卻從靈魂的陰暗面湧出瘋狂的嗜血慾望，就像是燒熔進掌心的天柱殘片也入侵了帝嚳的瘋狂，讓他急著渴求血肉和哀鳴。

七把飛劍分別插在地面上，自主性的下了禁制，緊急限制了他的行動，殷曼撲上去抱住他的後腰，「君心，君心！我們不是要活著離開崑崙嗎？」

「……我要殺。」他的唇角竄出細小的獠牙，容貌漸漸陰狠卻柔軟。

「那你先殺我。」殷曼堅決，「我是你最後一道防線，你先殺我！若你要被瘋狂宰制，我無法忍受這種痛苦！先殺我！聽到沒有？先殺我！」

我的小曼……冷靜不輕易流露感情的小曼，居然用我的深情勒索我。

但他好高興，好高興。

連自己原則都不要，什麼都不管，不惜使用這種手段，只是爲了我而已。

他用盡全力穩住自己，掌心火燙疼痛，令人瘋狂的痛，先用無傷的左手壓住殷曼的手背，才覆上灼傷的右手。

天雷隆隆奔騰，這第三次的天之怒，再次鍛鍊了「神器」，以狂怒爲燃料，以兩個修仙者和飛劍爲題材。

這個時候，他們倆還渾然不覺，只在天之怒過去後，大雨滂沱中相擁而泣，飛劍圍繞，隱隱著靄靄的光。

他們還不知道，這次的鍛鍊，已經使他們成爲一體的神器，並且在遙遠的未來，佔了一個不可動搖的位置。

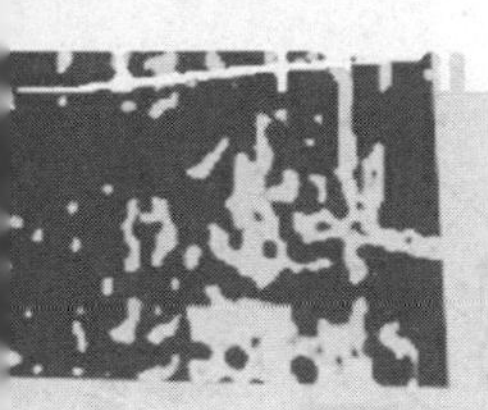

第六章　結社

從冥界回來不久，君心和殷曼又一聲不響的鬧失蹤，再出現已經是五年後，堆在楊瑾這兒的微塵瓶子已經像座小山了。

雖然要打發那些雜魚不費什麼事情，但繞著嗡嗡垂涎，未免發煩。

等君心他們回來，倒把楊瑾鬧得一怔。

這兩個小孩子是躲到哪兒修煉去，弄出這一身仙氣？但隱隱又有些不對勁，尤其他看殷曼像是吃炒土豆一樣把大堆微塵一吞了事，更是瞪圓了眼睛。

「……沒有什麼不舒服嗎？」想當初她要一顆顆淨化微塵，花了多少力氣，終日滾著燒，現在大把大把的像是吃巧克力球？

「楊瑾叔叔，還行。」她泰然自若，一點異樣也沒有。

「……你們到底去哪兒了？」

君心搔搔臉頰，「唔……就去了趟崑崙。」他趕緊轉移話題，「楊瑾叔叔，你是天使，應該可以證婚吧？」

「我是死亡天使，還是前任的。」這招果然有效，被轉移話題的楊瑾沒好氣地問：「誰要結婚？隨便找家教堂不就好了？不然法院結婚也很方便。」

「但我們只想讓楊瑾叔叔證婚啊。」他說得很自然，卻一下子把楊瑾炸懵了。

整場婚禮楊瑾都渾渾噩噩，根本想不起來行了什麼儀式，而且完全不明白，爲什麼會把養女給嫁了，養子也娶了妻。

雖然知道這兩個小傢伙兩情相悅，但照他們的個性，他還以爲有個幾十年可以磨呢！

怎麼會這樣？

「……你娶了你的師父欸。」他一直暈頭轉向。

「對啊。」君心回答的很自然，「這有什麼問題？」

說完這句，他們就去「度蜜月」，一年中倒有半年行蹤成謎。

實在太不對勁了。這兩個寶貝鬼頭鬼腦的，不知道在搞什麼鬼，君心就罷了，他沉穩的小養女也只是笑，不肯多說他們在忙些什麼。

「我們在蜜月旅行啦。」君心搶過電話。

「……你們成婚兩年了欸。」楊瑾狐疑，「第五次蜜月旅行？」

「我們一輩子都是蜜月啦……楊瑾叔叔，你去娶個老婆就明白了。」君心趕緊掛了電話。

滿桌的「人」都扁眼看他，梨花花神沒好氣地道：「開會就開會，何必瞞楊瑾？他一個人可抵千軍萬馬欸。」

「……叔叔和王母一役元氣大傷。」殷曼解釋著。

「而且，」君心說出眞正的理由，「若讓他知道我在鬧革命，他非把我和殷曼拖去關個十年百年不可。」

沒錯，君心的「人幹一場」並不是上天單打獨鬥。用膝蓋想也知道，光憑他和殷曼兩個人想殺到帝嚳之前，那叫做緣木求魚，不知量力。

經過帝嚳幻影的「鍛鍊」（眞不知道是想殺他們還是幫他們），他和殷曼的進展非常驚人，連魂魄不全的殷曼的元嬰都成形堅實了，而他，更因爲被天柱精魄裂片強制入體，雖然有諸多副作用，卻可說已經達了成仙的最低標準。

再加上舒祈的助力，上天不是難事，難的是怎麼殺到帝嚳面前。

就在傷透腦筋之際，無意間，蠻橫的王母卻幫了他一個大忙。

她蠻橫的將天界一封了事，徹底把人間撒手不管，跟人間情感深厚的神明哀求無效，不忍回天者一律廢貶爲妖，褫奪神力，更有那不尊號令一斬了事的，而褫奪罪神的工作，就交給尚在人間的二郎神。

這件事情鬧成軒然大波，王母一概無視無聞。這些滯留人間的神明受人間排斥，雖有香火庇護，但人間越來越往理性走，香火漸稀，人間神明的處境越發艱難。

這些普遍較爲年輕的神明原本不是爲了香火，而是一片不忍與眷戀，看王母忍心至此，視黎民苦難和神明慈心爲無物，不禁譁然。

若二郎神嚴格執行，或許滯留人間的前神明還只能徒然忿恨，但二郎神正戀著貶到人間的天女孫無垢，管誰當天帝去，要不要封天絕地？王母頒了這個無理之令只擾他把妹，厭煩地推給梅山兄弟去執行。

而二郎神的部屬都是草莽好漢，向來不怎麼鳥天界的繁文複禮，既然主子有心敷衍，他們也樂得摸魚，眾神明好酒好菜端上來，酒酣耳熱之際，連兄弟都結了，哪還會去想認真執行褫奪？

和天界斷了關係，這些尚有神力的神明雖恐引起人間失衡，相當安分守己地守護人間，但自己家鄉越來越亂，甚至牽連人間，不禁頓起憂國憂民之慨，頗有流亡人士的牢騷。

然而，他們聽聞了君心和殷曼決心上天還原天柱，雖覺得機率微乎其微，但長年在暴虐王母和敗德天孫的淫威下苟延殘喘，到今天被放逐不得歸鄉，待重病的雙華帝過世……怕是等不到天柱折、地維絕，就讓這對神經病母子玩完了。

「上至高堂下至知己皆死於非命，」樊石榴慷慨激昂地說，「現在正是我們起義的時候了！」

會議上，小龍和諸位至親無故慘死的淚下不已，只有高翦梨搧著袖子翻白眼。

我說石榴，妳什麼不好學，學了上邪愛打電動的壞習慣，這句「眞三國無雙」的對白虧妳記了幾十年。被妳這句對白唬到的人眞不知道該哭還是該笑。

但這句對白（反正他們不打電動，也不知道這句哪來的），卻成了這股起義軍最初的口號，並且陸續吸引了不少前神明。

這個鬆散的組織，卻擴大得很快，儼然成了前神明的祕密結社。爲了不引人注意，由滯留人間的花神出面，向紅十字會「靠行」，成爲一個很獨特的「眾生小隊」。

在禁咒師兩師徒忙著安定地維的時候，這些由前神明組成的眾生小隊除了他們的目的，也在各地駐守，學習著人間的法律和約束，試著將自己當成「移民」而非高高在上的神明。

雖然學習得有些荒腔走板，但人間對他們神祕的抵制卻減輕很多，讓他們在漸稀的香火中不至於喪失神力、縮短壽命。

也是這支神祕的隊伍，暗中穩定了東亞漸多的災難，在禁咒師和紅十字會看不到的細微處保護著庶民，不讓災害大到難以彌補。東方天界前神明的祕密結社，鼓舞了他方天界，許多不忍離棄人間的天使或異國神祇，也試著照他們的做法，盡力取得人間居留權，能夠照他們的初衷留在人間。

當吸血族和紅十字會達成協議，獻祭人工彌賽亞鞏固地維而不可一世，導致禁咒師師徒離開紅十字會，也是這些深入民間的前神明盡力維持秩序，悄悄翦除了某些把人間當獵食場的吸血族，維繫一個表面的和平。

試著組織、聯繫，在守護中磨練自己。他們都還算是相當年輕的神明，胸中的熱血尚未熄滅，如果他們老於世故一點，就會乖乖回天，就是因爲他們年輕、相信神明的悲憫，才會滯留在人間。

也是因爲他們還年輕，所以相信一個可能性。相信君心和殷曼的決心，相信天柱可以還原，相信將有新天柱矗立，讓這個世界免於毀滅。

當他們見到君心和殷曼的時候，更堅定了自己的相信。

或許是因爲天柱裂片的融合，也可能是君心半生憂思動盪，歲月終於將他淬鍊得成熟穩重，不再是那個孤僻的少年了，他顯得溫和圓融，善於傾聽，尤其是傾聽他人的苦難，而湧起深刻的不忍。

（雖然他力量控制還是不太好，往往讓眾前神哭笑不得，不知道他是來擴大災難還是阻止災難的。）

許多人望著他時都會想起雙華帝而熱淚盈眶，但殷曼卻不是王母或嫘祖娘娘。她向來沉默，卻善於謀略，雖然她不見得喜歡。有人說，她像是女性版的君心，但君心總會反駁，是他像了男性版的殷曼。

看他們兩人出現，前神明們都會湧起一股希望，深深的相信他們會達成這個艱困的目標。這是一種在艱苦困頓中淬鍊出來的堅強和穩定，一種溫潤的領袖氣質……雖然他們實在不太管事，力量也不見得特別出類拔萃。

但這原本就是從不可能中榨出一絲可能性的革命，與其去希冀會有救世者出現，倒不如在君心的旗幟下，爭取那一點可能。

即使侵襲全世界的集體夢魘——未來之書將末日顯現在全世界的人夢裡，這些前神明還是沒有放下這種信心。

他們強烈的信心不但團結了所有理念相同的前神，也幾乎囊括了諸多陰神和守護靈，若干大妖和眷族都請纓效命，放下陳舊的歧視和成見。

只有一件事值得追求——若地維絕了，我們將立起新的天柱，絕對不要滿足末日條件。不管末日注定來臨多少次，我們這些生命漫長的眾生，絕對不讓人類專美於前。

這是我們的三界，絕對不讓人說，神者無明，眾生無情。

他們堅強的決心深深地感動了君心，但也讓他常常半夜驚醒，滿口苦澀。

我眞能達到他們的期望，不負眾生嗎？我眞的可以嗎？這常讓他一身冷汗，默然恐懼。

這種時候，殷曼會悄悄從後背抱住他，給他溫暖的安慰。

他們，都不是一個人。

加入叛軍的前神和眾生越來越多，收集微塵的速度也越來越快。神明比較不受微塵影響，意外也少了很多。

但直到末日前十年，殷曼還是殘缺的。她依舊遺失了許多歲月，修煉的進展也遠不如氣海已開、前生記憶融入今生的君心，但她並不急，急得反而是君心。

她原本就不是急功躁進的人，相反的，充滿堅韌的耐性。她並不認爲遺失那些歲月有什麼了不得的，比較可慮的是讓妖異得了去危害。無剛猖獗、妖異瘋長的那段時間，在眾前神的努力下，幾乎撲滅了大多數的妖異，沒有伴隨太大的災殃。

當然，這些人類都不知道，連紅十會都不解妖異爲何突然大量滋生又神祕消失，但他們這些眾生，也沒打算給誰知道。

神明，也不是個體可代表的，就像人百百樣樣，神明也是如此。或許人類和眾生並沒有太大的差別，只是人類命促，來不及被漫長壽命折磨得漠然。

但也不是每個神明都漠然缺乏感情，或者驕傲自大。

現在的她，依舊希望可以成仙，用全部仙體完成一個仙願，卻不是爲了想要復原飛頭蠻一族而已。

若是可以，她希望可以爲了三界祈福。祈禱不管天上人間，甚至是魔界，都可以平安的延續下去。

她，並非是飛頭蠻而已，而是諸多眾生、千禽萬獸中的細小一環。即使殘缺，也是當中的一份子。

伸出雙手，有風的流動，和生命的隱隱樂章，閉上眼睛，感受自己與這世界相習相關，這個殘破又圓滿的世間。

就這麼一瞬間，她「頓悟」了。連君心都不能明白，殘缺的殷曼取得了成仙的資格。

距離末日還有十年。

或許是末日已近，雖然還不能明辨時間，但君心和殷曼留在列姑射中都的時間越來越長了。

「……說不定末日永遠不會來。」君心說，「人間不是朝著更文明、更世界大同的方向前進嗎？我們……眞的該挑起戰火嗎？」

殷曼遙望著天空，她不忍說這是「迴光返照」。據說，紅十字會派出大量的人員跟從禁咒師學習如何修補地維，若不是情況危急，原本跟禁咒師反目的紅十字會不會派出人員……但天柱若頹倒，地維還能維繫嗎？

「有除了戰爭以外的好辦法嗎？」她淡淡地問。

精神上有嚴重缺陷的天柱化身，頑固不肯回頭的王母。

「沒有。」君心淒然一笑，但他還是很抗拒這個事實。「我們還沒準備好。」

永遠不會準備好的。殷曼評估過勝算，非常非常微小，他們人數最多不過一萬五，半數都是老弱婦孺，而天界驍勇善戰的天兵天將何止十萬。

「不是準不準備好的問題。」她沉穩的臉孔露出憂鬱，「時刻到來時，我們就得啓程了。」

但他們的憂鬱和惶恐，卻因爲街頭偶遇過往的客戶，煙消霧散了。

當年的年輕人，現在有妻有子，一家和樂融融。

三十年就這麼過去了，他完全沒有發現這世界即將傾覆，也沒有發現身邊的諸多災害陰影，結婚、生兒育女，平順地過了一生。

這些和裡世界無緣的人類的平凡一生，就是他們的重大成就。

成住壞空，即使天人亦有五衰之時，重要的不是什麼時候死，而是怎樣死。他們兩個人悄悄地握緊了手。

「我想我準備好了。」君心笑笑。

很近了。日子很近了。

君心一把把審視自己的飛劍，像是銀白的小飛魚圍著他，漂浮在微涼的夜裡。

殷曼最近積極在收集資料，去找殷塵商議了。他們飛頭蠻都屬博學型的妖族，雖然比起古老到難以計算歲月的神族實在太年輕，但智慧又不是只依附在年紀上。現在殷曼接手了戰略和籌劃的工作，花神諸友則負責聯繫組織。這個鬆散的祕密結社，開始動員起來，隨著一天天增加的天災更積極。

很近了，就快了。

在這片忙碌中，反而君心最清閒，頂多就是大夥兒摩擦的時候拿個主意。不管他的決定是明智還是愚蠢，幾乎沒人會駁他，就照他的主意辦。

這其實很恐怖。

這種強烈的不安、自我質疑，伴隨著另一個隱憂讓貌似清閒的他越來越惶恐。

我眞能不負眾生？

環顧飛劍，他露出一絲苦笑。他眞不是當頭子的料。他什麼都貪，貪得不行。

只要在他生命中的人事物都不想放棄。

這七把飛劍是殷曼給他的第一樁武器，是他生命中第一件心愛的東西。當初毀得剩下廢鐵，他說什麼也不願意放棄，就像他強留僅餘斷垣殘壁的殷曼，他也蠻強地將他的飛劍煉回來，甚至無意的引發天之怒。

這樣執著，這樣的貪，怎樣都不肯放手。這種發瘋似的執著，和玄有什麼兩樣？

「說起來倒也沒什麼不同。」邪劍冷冷地說。

他和飛劍心意相通，往往是直接交流，這等交談非常稀少。要說有，也就跟玉郎分身對峙時，被邪劍相當瞧不起過。

但它們總是爲他奮不顧身，竭盡全力，不惜身毀。

「跟了你，還眞是倒楣透頂。」邪劍抱怨，「什麼都不懂的小鬼，胡來蠻幹，讓我老人家費多少心思！什麼都敢挑，也不掂掂自己斤兩！現在可好了，準備上天作亂，鬧起革命了！你說說看說說看啊！嘖嘖……」

「……對不起。」君心溫柔地說。

「哼，對不起就了事，人間還需要捕快？」邪劍閃了閃，「不過，跟了你……一點都不會無聊。你就照這樣下去胡來吧。」

君心彎了彎嘴角，低頭看自己的手掌，天柱裂片像是打磨過的黑曜石，隱隱生輝。「我怕我眞的會胡來。」

邪劍靜靜停佇在他手掌上。「喂，小鬼，你知道我們這七把飛劍的意思？」

「金木水火土聖邪？」

「沒錯，但你想過，安了五行，爲什麼要加上聖、邪？」邪劍老氣橫秋地問。

「我不……」君心靈光一閃，「這是個人，人的要素。」

「還不算太笨。」邪劍哼哼地笑，「我就是秉性屬邪的劍。我主破壞、狂怒、摧毀，所以你最能聽到我的聲音，和我最合。

「人最愛自欺自騙，說自己『聖賢』而非『邪惡』，事實上，聖未必賢，邪不見得惡。誰人心底沒有聖邪兩端，重量因人而異，有聖多點的，也有邪多點的，就算接近純聖，難道不會因愚蠢行惡？就算是純邪，也不見得就是殺生魔王。

「我屬邪，我就是要破壞狂怒摧毀，但我只破壞加禍於你之者，勢若破竹，決不寬貸。這樣，你要說我是惡的麼？

「我們這些飛劍出自人手，創者純邪接近妖魔，卻終生都在除惡，沒忘了自己爲人的根本。不破舊無從立新，不狂怒就沒了人氣，不摧毀難道要等人抹你愛人脖子？邪或聖一點都不重要，而是你選擇什麼路。」

破例聽到邪劍說了這麼一大串子，君心有些目瞪口呆。「……我倒不知道你這麼有學問，會講話。」

「白癡孩子。」邪劍沒好氣，「就是這麼呆，讓這裂片一點狂滲到心底就怕得不敢多說一句、多行一步，眞讓人著急！不過是精神挨了點感冒，就哼哼唧唧，似染不治之症，累我老人家花心思開導，硬氣點！我快搞不清楚誰主人了這是……」

它咕噥著，和其他飛劍陸續沒入君心體內。

罵得好。

對，我就是控制得很差，結界薄得跟紙一樣，破壞力遠遠大於防護力。我就是貪、就是不捨，就是貪得不得了，跟玄的執著有拚。

我就是這樣。我屬邪，而且非常非常重。

但我永遠不會跟玄相同。因爲我們的選擇完全不同。

因爲，我會軟弱的不忍，所以我不會讓邪宰制，而是反過來運用。若我會因爲失去般曼悲號，我也會同情別人的悲號。

是，這是一種軟弱。但因爲這種軟弱，我就會永遠和玄不同，也和屈服於瘋狂的天孫不同。

「我和你們不一樣。」君心輕輕地說，「絕對不一樣。」

第七章 禍起

某個夏天的夜晚，所有人類和眾生，無一例外的望向東方的天空，心底湧起一種莫名的極度恐慌。

君心更像著了一鞭似的跳了起來，無聲的響亮、樑柱傾倒的聲音。

「……天帝駕崩了！」樊石榴打電話給他，吼完就哭了。

「我知道。」君心摀住臉。

今生的他從來沒有見過天帝，不認識他，但這個時候就像是他的父母過世，而不是一個陌生的天帝。

那種堅忍支撐保護的氣不見了。原本就不太穩定的力流狂暴得像是野獸……他感覺得到。

撐不了太久。帝嚳一點都不想擔起這個責任，一百年？兩百年？說不定比他們想像的還短。

「集結到出發，我們需要多少時間？」他問。

「中秋應該可以。」樊石榴冷靜了點，「我們的人都散在人間各處，需要時間集結。」

「該是時候了。」君心掛上電話。

可以的話，他不想這麼做——殺了帝嚳，將他還原成天柱，不管和他恩怨多深，他最想要的，只是把小咪帶回來，和殷曼一起平靜地生活在人間。

因爲他只是個軟弱的人類，任何人命的重量都足以壓垮他。

喚出飛劍，將七劍合一，成爲記憶中的巨劍，宛如帝嚳幻影的巨劍。

「所有的罪過，都由我承擔。」他喃喃自語，「讓我來。」

那年中秋，災變不斷的人間，有隻萬餘人的部隊在崑崙集結。封天絕地，這個通道是第一個封閉的。

開啓需要時間，而他們最不足的就是時間。即使是日夜兼程，大軍分成三班夙夜匪懈，這個堅固的封印還是直到冬末才攻破。

他們踏入天界，遙遙與天界大軍對峙，一望無際，他們像是浩瀚海洋中的孤島。

身穿金絲戰甲，君心立在陣前，扛著巨劍，遠遠近近的，天界大軍發出低低的驚噫。

若干老兵將還跟過代天帝南征北討，當年那個意氣風發的勇猛戰神，卻眼見他墮落而敗德至不忍聞問，眼前叛軍的這位人類小將，卻渾似當年的帝嚳。

領軍的廣目天王握緊了矛又鬆，鬆了又緊。當年他也是帝嚳麾下的一員猛將，今日衝擊更勝他人。

門將欲上前叫陣，他嚴厲喝住：「不可！」若他震撼如斯，舊部屬更可想而知，讓叛軍將領開了口……豈不更動搖人心。

他咬了咬牙，「王母有令，叛軍殺無赦！何須叫陣？」他催馬上前，揮兵湧向叛軍。

對不起。君心默默地說。真的，對不起。

他揚起巨劍，用凶暴的劍氣裂地，震撼了天界。

殘日

天帝既崩，皇儲即位。

但帝嚳不肯離開南獄，朝臣只能尷尬地在獄外山呼朝拜，他一臉漠然地嘲笑，「聽聞唐朝有個武則天，按這例倒好，直接拜我母后就是了，拜我怎地？」

王母立刻變容，在眾臣面前又不便發作。「陛下這話重了，哀家當不起。」

「哦？我非當這天帝不可？」他嘲諷更深，懷裡還坐著小咪，「那就傳我旨意，大開紫微之門，將叛軍迎進來吧。」

「你！」王母勃然大怒，又強忍住氣。「陛下身體不適，眾臣暫且退朝吧。」

如此重大、應該隆重非常的繼位大典，就這麼草草率率地結束了。

大臣既去，王母更忍耐不住了，「你這逆子，究竟要我怎樣？」

「不怎麼樣。」他漠然，「母后我看妳當天帝蠻好的，誰人不服，誰人不從？

何必拿我當幌子。」

「我這一切不就是爲了你嗎?!」王母怒吼起來。

「妳當天帝，我跑也跑不了，死又死不掉。天柱還在，妳也帝位穩固，有何不好?」他瞇細眼睛，眼底有著怨毒和瘋狂，「妳要我當天帝，就整個給我，我很不希罕當個傀儡。」

王母被他堵得說不出話來。

「妳也怕，對不對?」他狂笑起來，「妳也怕我當家做主以後，整個天界垮掉對不對?」他厲聲，「連妳都不相信，還有誰信我?滾出去!」

王母忍無可忍，「是，我不信你!你若不停止裝瘋，我就不信你!我想方設法讓你活下去，日謀夜策替你保這皇位，你怎麼回報我?就用裝瘋回報我?!」

「我是裝瘋嗎?嘿嘿嘿……呵呵呵……哈哈哈——」帝嚳瘋狂大笑，聲音卻盡是森冷無一絲歡意，「滾!給我滾!」

他依舊抱著小咪，卻用迅雷不及掩耳的速度欺到王母面前，一伸手，卻覺手指灼熱，伸回來時已經結霜而凍傷。

髮髻凌亂的王母執著滅日刀，眼中深深寫著恐懼。有瞬間，帝嚳一點表情也沒有，像是連眼都結了冰，什麼都沒有，像是一尊名爲絕望的雕像。

我不了解他，一點點都不了解。好強的王母湧上一絲膽怯。我生的兒子，用盡一生神通和心血的兒子，卻這麼可怕，像是隨時都會殺死我。

他恨我，一直都非常恨。瘋的時候恨，不瘋的時候……更恨。讓他掌權，成爲眞正的天帝，會第一個殺死我。

深深的悲哀和怨怒湧了上來，她倔強地挺直背，「等你病好了，我會將權勢還給你。現下我沒空跟你廝纏，叛軍都殺進崑崙了……」

「妳知道叛軍首領李君心，就是妳初戀愛人的轉世麼？」帝嚳恢復陰冷嘲諷的神情。

「我知道他是誰！」王母大怒，很不該放了這禍根！她原本就容易遷怒，叛軍一攻破結界，她就將狐影下獄了。

「那……妳知道，他通過我設下的『試煉』，知道如何還原天柱了麼？」他微微笑了起來，「他比我想像的還好。我還以爲他會死在『無蟲』手裡，結果他反而將我給他的天柱裂片，鍛進自己身體了……還引發了第三次天之怒呢。」

王母驚呆了，猛回頭，整張臉蒼白如紙。「……你做了什麼？」

「我只是把妳原本要做、現在在做的事情，做個徹底罷了。」帝嚳溫和的回答，「我安下那個試煉幾千年，就是等不到一個能夠破解的人。這該說是誤打誤撞，還是命中注定？母后，妳覺得呢？」

我一生的心血，所有的一切。「……我會殺退叛軍。」

「我不會阻止妳的。」帝嚳更溫和了，「但我在妳老情人身上下重注了，我賭他會成功。」

她咬牙切齒，「沒用的，沒用的！你就跟你爹一樣只想逃避、忽視我、恨我！沒有我，你們早就死掉了！別以爲這樣就可以擺脫我、甩掉我，想都別想！」

她怒吼，轉身急奔而出。

帝嚳沒有說話，甚至沒有動作，直到小咪溫涼的手輕輕扶著他的臉頰，他才將臉埋在小咪的胸前。

她不發一言，只是輕輕地拍著帝嚳的背，有些僵硬不熟練地一下又一下，一下又一下……

叛軍攻破和崑崙交界的北大門。

這似乎令人不敢相信。畢竟兵力懸殊，這少少的萬餘叛軍怎麼可能辦到？但叛軍主將李君心妖化上天大亂的時候，在天界大軍心底留下深刻傷痕，多年之後提到妖魔君心，還有人會臉色大變。

雖然這次起兵叛亂，他一直維持人身形態，但無論招式或模樣，都似當年代天帝最盛時，其驍勇善戰更可比肩，他帶頭衝鋒陷陣時，也同樣可以激起友軍無比的勇悍。

若比較武力，自然叛軍遠遠不如，但論術法結界，卻又大勝了。殷曼等參謀深知己方缺點，所以自從結社以來，一直不斷修煉砥礪，即使老弱婦孺也在術法小隊，甚至表現得比軍武還出色，相較之下，天界大軍不免自恃武力，輕慢了術法，待要緊急調動術法部門，廣目天王已經讓君心斬在陣前。

主將殞命，大軍瞬間大亂，因此失陷了北大門，退到二門整軍。

等王母趕到時，正逢叛軍來使送交了廣目天王的遺體。血污洗淨，端端正正的交付門口小兵抬了進來。

叛軍這舉止令人摸不著頭腦，但天界大軍的氣勢就餒了，王母的到來更雪上加霜，她怒氣勃發地搗毀了廣目天王的遺體，眞眞碎屍萬段。

「扔出去餵狗！」她正在氣頭上，多年獨理朝政更養出壞脾氣，「敗給這群雜碎還想有臉下葬麼?!」

廣目天王麾下眾多將兵都呆了，有人咬牙，有人流淚，甚至有人忿恨地按劍，卻只能強忍下來。

當夜就有官兵偷偷降了叛軍，王母的處置是將降兵的家屬盡誅，掛在城牆上。只能說，王母或許能夠處理朝政，但讓她帶兵打仗，說不定連瘋狂的帝嚳都比她強。

得到第一場勝利，但君心一臉肅穆哀傷，靜靜坐在帳中等著讓殷曼療傷。

「不高興？」殷曼端詳他。

「……我……我開心不起來。」他雙手發抖，「我殺了好多人。」這雙手，沾滿了血腥，但讓他更懼怕的是，當浸淫在血腥中久了，就會忘記一切，有種空白的歡愉。

血的芳香，殺戮的快感，這些會誘發人性當中的邪，走向瘋狂。

他開心不起來。

「我倒是很高興你不開心。」殷曼將他的傷裹好，「你若會開心，我反而會難過。」

交握著手，就算不說話也彼此了解。戰爭就是龐大的葬禮，許多生命會在此殞逝，這是最不得已的手段，但也不該當作鮮血的饗宴。

「我不會忘記初衷。」君心掉下眼淚，「死都不要忘記。」

殷曼抱了他一下，才轉身出去。不過是初戰，他們已經折損了好幾百人，更多的人負傷，她忙著到處療傷，這群原本不是軍人的前神明注視著她忙碌的身影。

「君心呢？」高翦梨有些憔悴地問。她耗了大半的法力，術法小隊的傷不是在身體上，卻更嚴重。「幾乎都他在衝鋒陷陣，我們就只能後面唸唸咒，扔扔火啊冰啊什麼的。」

「他沒事的，有一點點憂鬱……」她驚覺所有人都豎尖耳朵聽她們講話，不禁有些尷尬。

她生性淡漠，修煉後更甚，硬著頭皮當君心的參謀已經很違背本性了，又要成爲眾所矚目的焦點，但君心……怎麼說好呢？就算他成了叛軍首領，大家倚賴的領袖，在她眼中，還是個脆弱的孩子。

尤其是現在，他需要一點時間。但這些人，滿心相信他們的人，也需要一句話。

「但不是因爲大家……他還沒殺過人。」她咬了咬唇，「……大家都很棒，我們贏了，謝謝大家。」

她低頭斂裙，深深行了一禮。

之後她成了叛軍的「母親」，一個淡漠不太說話，卻總是回頭關懷的「母親」。在軍力劣勢中，成了叛軍堅持下去的原因之一。

戰爭持續下去，變成一種持久戰。

王母御駕親征，卻在陣前就讓君心殺得大敗，若不是青龍搶救得宜，可能就讓君心砍去了腦袋。她心下深懼，知道自己神力所剩無已，為了搶救天帝性命，她已經油盡燈枯了，而開明……君心卻如日中天，又有眾多後援撐腰。

誰也不幫我。我的兒子恨我，死去的丈夫恨我，連轉世的開明……都領軍來要我的命、我的一切！

她從此不再親戰，而是在後督軍，但戰況越來越不樂觀，原本就缺乏耐性的她更火冒三丈。

雖然被王母玄諷刺收買人心，但叛軍依然全體黑服，髮間別孝。他們接受了君心的哀傷（或者是軟弱），戰爭是不得已的葬禮，而不是鮮血饗宴，所以他們黑服戴孝，替陣亡的敵軍或友軍哀悼。

這其實不是很適合戰爭的處置。戰爭的本質就是殘忍的，越殘酷的殺敵越容易取得勝利，若只問戰場表現，王母玄的殘暴更適合才對。

但戰爭的構成體卻不是這麼簡單而已。

王母可以跋扈專政多年，一來是有舊臣撐腰、身世顯赫，二來是雙華多病卻依舊視政，一生都與王母抗衡。而他最終的三十年，雖然已經沉痾不起了，但王母全部心力都在替他延命，沒時間去鬧什麼大亂子。

雙華帝過世，她第一件接手的大事，就是領兵對抗叛軍，這可說是最大的錯誤。

軍隊不同朝臣，需要恩威並施，賞罰分明。朝臣眾多分工又細，殺了一個再提拔一個就是了，行政依舊不墜，但軍隊可完全是另一回事，往往對將領的忠誠高過帝王家。

她一起頭就毀了廣目天王的遺體，一戰不利，將軍就得提頭來見，鬧到最後沒人敢請纓了，反而逃兵日多，甚至還有整個前鋒一起投降的。士氣極度低落，又不是斬幾個人就可以把士氣提升起來。

相反的，叛軍打著「還原天柱」的旗號，對待俘虜極度仁慈，甚至一戰過後，就開始收埋屍首，不問敵我，整個軍心都倒向叛軍了，這仗還能打下去，實在是靠幾個老將苦撐。

但當四麟之長的青龍因爲一陣失利被王母綁赴剮龍台，終於爆發了，子麟帶頭劫囚，眾神獸族齊反，天界大軍被殺得大敗，退守帝都，已成圍城之勢。

上萬年的積怨一發不可收拾，整個東方天界亂得跟馬蜂窩一樣，到處都有起義的旗幟，而大部分都歸到叛軍這邊來。

最終在「帝都橋」前對峙，此爲最後一役。

王母在城牆上看下去，一片烏鴉鴉的黑服叛軍，茫然望天，不知道爲什麼會演變到這種地步。

「娘娘，降了吧。」太白星君低勸，「大勢已去。」

她回手就是一刀，太白星君的胸前開了個大口，鮮血噴湧，他動也沒動，只嘔了一口鮮血。

看著她長大的小公主，終於也到了末日了。

「李長庚！連你也反我！」王母披頭散髮，厲聲叫道。

「我不敢。」太白星君壓住傷口，「但皇儲已到這種地步，還原方是上策！那孩子勉強熬了很多年很多苦，夠了啊……阿玄公主，放手吧。」

她望著李長庚，又望望手底滴血的滅日刀。

什麼都完了嗎？什麼都……完了嗎？她撐了一輩子，苦了一輩子，痛了一輩子，然後什麼都完了？

大家都說她冷血無情、殺人不眨眼，誰也不愛。誰知道她終生最愛的是誰？

她愛她的孩子，她唯一的孩子。將他抱在懷裡哺乳，看著黑白分明的美麗眼睛時，她就知道，自己將有虧職守了。

無法把這孩子看成天柱化身而已。

跟自己爭辯，不讓自己放下太多情感；替他焦慮、煩惱，卻必須說服自己，這一切都是爲了世界的存續，這樣才讓她覺得有值得堅持的理由。

但一切，都不過是爲了，她的骨肉，她的孩子。

她當然知道，嚳可以還原成天柱，她一直都知道，隨時都可以，但不要……她不要。

那會把意識清醒的嚳困在石柱中，不能動彈，不能哭也不能笑，甚至不能製作他最愛的神器。

永世的徒刑。

我不要。我受不了這個，我不要。

太白星君倒在地上，動也不動。

王母漠然看他一眼。別怨我，都是你不好，你該把開明的靈智毀了，都是你的錯。

「雙成，」她聲音不穩地喚，「我們走，一起走。」

雙成溫馴上前，即使王母舉刀，她也只是溫順地跪著，直到她死，還是信賴的眼神。

「對，我們一起走。」王母垂下滅日刀，血不斷滴下來。

是日，帝都城破。

第八章　終恨

城破了。帝嚳拿著梳子的手頓了頓，又繼續梳理小咪的長髮。

即使是導致神魔分家的天界內戰，也未曾危急的帝都，破了。本來就該這樣，沒有不凋的花、永固的城牆，或者不滅的世界。

本來就該這樣。

他們很快就會來了。實在他不該如此，若按他原始的渴望，應該趕緊將小咪的眼睛挖出來製作神器……很想很想，真的很想。

這一定是他此生最後也是最完美的傑作。

但原始的渴望和希望，往往是兩回事。就像血腥的渴望想要挖出她美麗的眼睛……但希望卻只想這樣，在她身邊。

替她更衣，梳理她美麗烏黑的頭髮。她的頭髮非常長，幾乎沒有剪過，梳理起來很費工夫，選了一會兒，他拿起紅玉玫瑰釵，但小咪卻搖搖頭，指了指插在花瓶的白蓮花。

有什麼不可以？他取了白蓮花，在指尖幻化到適合，輕易地用一點點神力，簪在髮際。

很漂亮。襯著一身月白，漂亮的未亡人。

雖然他更渴望將她撕成碎片，如瘋狂宰制般，但他卻希望可以珍惜她的髮膚、整個人，連剪片指甲都小心翼翼。

她抬眼，美麗的眼睛沒有一點情緒，倒映著溫柔月華。

可能快來了。

「來。」他扶著小咪站起來，將她引到簾後。「在這裡，不要動。刀劍不長眼睛的……打仗總是很亂。」

他要從簾後退出來，但小咪像是他的影子，亦步亦趨。

「不，不對。」他耐性地勸著，「站在這裡。」輕撫她的長髮，這樣美麗光滑，充滿生命力。她很溫暖，活著，皮膚底下有芳香馥郁的血，會發出淒慘卻美妙的哀鳴。

說不定他累了；說不定……養了她幾十年，有感情了；說不定……他愛上這隻不會拒絕、緘默的寵物，珍惜她的緘默和安穩，這樣鎮壓他心底的狂暴。

很想撕碎她，但又不忍心。

「他們會來找妳，會帶妳回家。貓咪，他們會好好待妳，把妳當人看待。」愛惜地輕撫她的臉孔，「不像跟我在一起這麼危險，常常想著要割碎妳。」

小咪只抬頭，直直望著他，不知道明不明白。

他還想再說些什麼，卻聞到熟悉的血腥味，纏繞著母后慣用的薰香。

和他的預計有若干誤差。

「待在這裡。」他的聲音緊繃起來。

這次小咪溫馴的停下腳步，看著他出了簾外。

他原本期待君心和殷曼來終止這一切，但他沒想到會看到王母。

她不像血戰過，因爲身上沒有傷痕，但鬢髮凌亂，血污雲裳，那眼神……他非常熟悉。

被瘋狂宰制的眼神。

「嚳兒，」王母溫柔喚他，如他幼兒時般，「跟娘走吧，娘不會讓你被人侮辱，也不會讓別人拿你當天柱。」

他詫異，卻沒有一絲感動。瞥見王母猶在滴血的滅日刀，他思忖，這會不會是另一樁詭計？或者他的母親也病了，跟他一樣的病。

「雙成呢？」他問。

「她在前頭等我們……」她不太穩地走過來，「我們一起走。」

要不要躲呢？帝嚳想了一下。或許她說謊，或許她另有詭計，但總不離她想殺他的事實。

有什麼關係？她手裡有滅日刀，君心有封印物，死在誰的手裡有差別嗎？沒有差別，只怨死得不夠早……在他知道一切之前就該死了。

不躲不避，他直直注視王母涕淚縱橫的臉，滅日刀朝著他的心臟，刺過來。

但沒有預期中的痛苦。他看到了一頭飛揚的美麗長髮，和溫潤如桃瓣的血珠，小咪在他面前如舞者般仰首，白皙的臉孔濺了一點點血，異常惹眼。

月白雲裳染了殷紅，白蓮墜地，汪著如淚血滴。

她沒有慘呼，在王母用力拔出滅日刀時，往後跌倒，帝嚳抱緊她，有幾秒鐘呼吸不到空氣。

「痛。」小咪輕聲，「好痛喔。」但她露出淡淡的笑。「眞的好痛。」

他眉眼不抬，震開瘋狂撲上來的王母，飛得很遠。「……爲什麼？」她胸口的血不斷湧出，滅日刀的神力不斷崩潰擴大傷口。

「你在哭啊。」她的臉孔半被長髮遮蔽，只有淡成櫻花白的唇噙著笑，「被媽媽殺掉……在哭啊……」

其實，她還有好多話想說。但好痛，眞的，好痛。

她被帝嚳抓來，吃掉了所有情感，包括恨意都吃光了。帝嚳一直認爲她恨著，其實沒有，眞的。

她是大妖內丹，本是無情物，化人是意外，連情感都不是自己的。她跟器妖比較接近，而器妖的情感需要漫長時間才會發展出來，而且都是依循著原主殘存的念而生。

帝嚳吃掉的情感，是大妖殷曼暈染下來的產物。直到被吃盡，所有的記憶，就像是一本看過又看，非常熟的書，所以她認得君心，當君心對她誓言救她時會感動，但就像閱讀的感動而已。

待在帝嚳身邊幾十年，望著月時，她在思索，自己到底是誰。染著月光，她聽了帝嚳許多故事，說出口或沒有說出口的。

浸潤在月光和血淚交織的故事中，她屬於自己的情感才慢慢萌芽，很慢很慢的。

不要哭，真的。或者，你乾脆哭出來吧，然後……不要再哭了。我會心口疼，很難受，有情感真辛苦，比現在的傷口還痛好多好多。

「我陪你，我不走。」她軟弱的摸了摸帝嚳的臉孔，「嚳……我們，看月亮。不走。」她的手指滑了下來，被帝嚳抓緊。

很多話想說，很多很多，但她情感和語言的發展很慢，她很焦急。我不是天人，甚至不是人類，但我眞的眞的就想待在你身邊，和你一起賞月，陰晴圓缺。

抱著即將死去的她，帝嚳原以爲，他的瘋狂會起而宰制，卻沒想到內心空盪盪的，連瘋狂都逃逸無蹤。

茫然看著掙扎著爬過來的王母，他的心底只有清明的悲哀。母后……娘，妳不適合做這種事情。妳是王室尊貴的公主，不該染上殺子的罪。

這種事情，我來就好了。

妳是少女巫神、前天帝公主、西王母娘娘，不要染上這種親手殺子的罪。

「娘，」他輕輕的喚，「妳安心走吧。」

「我要帶你走，不讓你成爲天柱。」王母低聲，沙啞著。

帝嚳凝起狂風爲刃，刺入王母的咽喉時，王母僵住、顫抖，卻在最後一刻將滅日刀刺入他的胸膛。

滅日刀的神力開始瓦解他內在的精魄，卻不是凝固石化。眞糟糕，母后最後說了眞話，這下眞的沒有天柱了。

他很想笑，卻落下了千萬年來的淚。

此時君心和殷曼終於攻到南獄，帝嚳正抱著小咪，眼前倒著絕了氣息的王母。

「把小咪還給我，帝嚳。」君心顫顫地說。

小咪笑了一下，她搖頭，「我不去……我不走。」用最後的力氣抱緊了帝嚳。

帝嚳笑了，像是個無邪少年，像是他曾有過的美好模樣。「天柱……沒有了。」

天界傾覆，他和他的貓咪，就看不到月亮了。他抱緊小咪，從他身邊開始竄起石脈，像是一棵石頭凝聚的大樹，深深抓住開始崩潰倒塌的天界根柢，他用僅存的神力，將他和小咪石化，成為支撐東方天界的樑柱。

天柱沒有了，但他和貓咪還要個地方看月亮，就算失去了生命，也是要相擁著，張望著。

在動搖天界的大地震中，沒有徹底垮掉，帝嚳算是做了一個良好示範。他方天界也先後學了他的方法，在災變中存活下來。

但只是存活。

天柱折，各方天界成了斷垣殘壁般的廢墟，為了避免牽連，只能徹底封閉所有通道，力求生存。

說不定比人間更慘烈，這場災難幾乎失去了半數以上的天人，尤以東方天界受創最深。

但這是滿身罪惡，敗德而瘋狂的帝嚳，留下的一絲希望。

天界傾覆在即，王母已逝，天孫沒能還原成天柱，只化為石脈試圖救亡圖存。整個天界都發出響亮轟然的倒塌聲，幾萬年的繁華都成瓦礫，力流混亂猖獗，連術法都失控或失靈。

天孫的石化做了個榜樣，許多耆老也跟著石化，將所有神力都灌注在分崩離析的大地根柢。

雖然天界的災害不過一兩個禮拜就停了，比人間還短，但災害的程度卻比人間更劇烈。光光東方天界就損失了三分之一的土地，一半以上的人口，只餘斷垣殘壁，術法失靈或減弱，許多被埋在瓦礫堆的天人無法自救，因此而死不知多少。

原本靠著龐大咒陣維持的九重天，更是垮了又垮，剩不到三分之一。

從大牢裡被放出來的狐影差點昏倒，即使是醫天手，面對這樣的「病患」，也不知道該從何開始。

等災變過去，倖存者茫然四顧，僅存還有組織紀律的，居然只剩叛軍。

在天人術法失靈或失效的時候，君心和殷曼的術法居然沒有受到太大的影響，殷曼祭起龐大的防禦珠雨，在諸前神的協力之下，讓叛軍的損傷減到最輕。

事後殷曼覺得疑惑，深入調查，才發現天界的土地承受了太多太頻繁的術法，產生了抗咒性，力流一旦混亂，便會產生天人術法失靈的現象，而防禦珠雨屬妖族法術，所以不太受影響。

「天界也有重金屬污染？不對，這應該是術法污染……但這好不合常理……」

君心聽完，搔了搔頭。

「不管是工業還是術法，都不應過當。」殷曼淡淡地說。

最初的慌亂過去，叛軍全力投入救災。他們這些前神多半不拘於神力，在人間混久了，什麼都學了一點，甚至還有人間法術，雖說效力大不如前，還是比束手無策的天人好多了。

特別是叛軍首領君心，他幾乎是每日每夜都在瓦礫堆挖人。他卓越的破壞力有了良好的舞台，往往可以最快速的破壞障礙物，卻因爲殷曼精妙的結界不去傷害到奄奄一息的傷患。

叛軍就這樣組成兩人或三人的小隊，配置若干偵查兵，試圖搶救受難者。

花神諸友則成立了臨時醫院，成天忙得跟陀螺一樣。就算醫法失效，草藥學也不會失效的，他們當中又有不少優秀的醫生，甚至還有幾個外科大夫。

這些原在人間護佑一方的前神明，更嫻熟這類緊急救災的行爲和步驟。他們之前在紅十字會的眾生小隊受過短期訓練，又在災變前的人間親自投身災區過，剛好在術法失靈的艱困時期成了一支堅強的醫療軍隊，卻是更適合他們的救災、搶救人命。

一開始，有天人憎恨他們，認爲就是他們造成天柱斷裂，朝他們丟石頭，但也有天人替他們辯解，認爲帝嚳瘋到這種地步，王母跋扈弄權，早晚也是會完蛋大吉的。

「成住壞空，不過是天命罷了。」被他們拖出瓦礫堆的天人嘆息。

但叛軍既不辯解，也不言語，只是搶著在災區裡搜尋可能的生存者。最先來幫他們的是安頓好族民的四麟，尤其是麒麟族的子麟族長，更是和叛軍同吃同睡，帶著還能動的族民協助救災，夙夜匪懈。

上天作亂的叛軍都這麼珍惜人命，最受尊敬的四麟都願意協助他們，其他人哪有話好說？漸漸的，其他天人也來幫忙，雖然不慣體力勞動，還是在神力消退的時候，想辦法救災。

看著叛軍的辛勞和疲憊，尤其是目不交睫的君心和殷曼，在這耆老皆殞、皇室不存的歿世，也只剩下這些人可以倚靠了。

這場災變死了不少大臣。越是華貴堂皇的華院貴殿，死傷越重，豪門貴族幾乎都瓦解了，反而一些家小衙門破的小官小老百姓存活率較高。

不是人間才有「天高皇帝遠」，天界也差不多。救活妻小，有飯可吃，有地方可以睡，保住一條命，誰管天柱是誰，折不折呢？但做足了這些事，照顧到他們的，不過就是君心和殷曼爲首的叛軍而已。

漸漸的，還活著的災民都聚到叛軍的救災營地，慢慢成了小市集，後來成了新帝都，而他們仰望的，是「君心大人」、「殷曼娘娘」。

但這兩位「大人」、「娘娘」，卻住著最破的帳篷，每天爲了要養活這麼多人傷透腦筋，吃著最簡樸的食物，卻連吃飯的時間都不太有。

完全沒有時間可以多想，他們就這樣埋首工作了一整年。

等他們終於整理出個眉目，卻茫然地瞪著底下的神族百姓。

他們倒是很盡心地查過資料——只是不知道是幾千年前的，他們獻上龍袍和鳳冠，請君心和殷曼南面稱王。

「……稱個屁啦！」君心跳了起來。

「君心，」殷曼倒是很鎮靜，「別說粗口，你跟軍隊那群老兵學壞了。」

第九章 世界

遠遠的，他看著君心和殷曼的破帳篷。

跟他說過多回，也搬個像樣的地方，來來往往多少地方官來議事請命，就擠個破帳篷，下雨還會漏，「殷曼娘娘」得站起來結界擋漏水。

結果開明這小子……不對，君心這小子跳起來大叫：「有那時間幫我整房子，不如去把神力省下來修馬路！現在哪條路不柔腸寸斷？連運個補給品都運不了！帳篷好得很，轟了也好補……整什麼房子?!」

瞧，現下他又把帳篷轟沒了頂。不知道是哪路百姓送了萬民傘，讓他這麼生氣。

「星君，你身子也不怎麼紮實，讓你回去休息，又來這怎地？」旁邊一張明朗的笑臉，雙眼燦亮，一副天不怕地不怕的模樣。

李長庚笑了起來，雪白的長鬚隨風飄蕩。「不放心哪。只會催我休息，你們這些年輕人沒天沒日地做。」

「我也不算年輕了。」子麟笑了起來。

妳是年輕的，精神面年輕而堅強。歷經兩次天柱折，見過兩次末日，卻總是笑嘻嘻的，什麼都不怕。

是啊，什麼都不怕。雙華帝一句話，就舉族遷上天界，還說服其他三麟，一起隨妳走；要嫁人，也是自己捶暈南天門守將，自格兒嫁了大聖爺的兒子；捨不得頭生女兒病夭，還一路追到冥界去，怕自己玄不知道到哪兒去的玄孫女早死了，連蟠桃酒妳都敢偷。

青龍要斬了，妳居然手持戰鞭去劫囚，就有那個膽子反了，自己反還不算，拖了一大幫子親戚好友，連老公任職的雲府雷司，統統拐著跑。

天界塌了，妳也是第一個跑去幫叛軍的，從不怕人說。

膽大包天，什麼都不怕。其實……妳和倔強的玄公主很像，只是妳堅強，而她只是好強。

就跟鑽石和玻璃的差別。

他默默按著胸口，被玄重創的傷隱隱作痛。

「唉呀，星君，又痛了嗎？」子麟關心地湊過來，「雖然讓君心治過，這個傷還是很猛烈啊……」

「讓滅日刀砍過還能留了條命……已經是奇蹟了。」太白星君淡淡地說。

當時玄公主狠心給他一刀，太白星君其實已經心灰，也覺得生無可戀。他少年就在炎山帝手下為官，兩任天帝都對他倚賴極深，玄公主還是他看著長大的，後來又看著帝嚳長大。

一生忠誠，即使玄公主日漸跋扈陰沉，天孫瘋狂日深，他依舊忠實地服侍，設法委婉地化解紛爭，盡力讓朝政和諧下去。

天帝信任他，原本他以為玄公主也是信任他的。

以為必死，結果卻讓開明……君心救了回來。照顧他的醫官說，君心手底有個封印物，原是要還原天柱的，沒想到可以救助滅日刀之傷。

他的責任，還沒有了吧？所以還不該死，不能死。

一能起身，他就開始去叛軍那兒。這兩個孩子，君心和殷曼，很不熟練政事，他們整天就知道做事，在災區捨生忘死。他們不懂行政，也不知道這些有什麼必要。

但不會永遠都在救災，即使救災也需要完善的計畫和後勤，多少地方官和災民要協調，要分配，要裁決。

這些他們都不懂。但他懂，他很懂，他做了兩任天帝的星君，這些他很懂。

他成了君心和殷曼的政官，帶領叛軍的文官策劃和後勤，讓他們可以放心在外奔波。

但不可一日無主。這兩個孩子太無欲，令人著急，明明地方官有事就往他們這兒商議，明明百姓只服他們倆。

令人著急。

「看起來，萬民傘也沒用啊……」看著君心炸完帳篷，又跑又跳地拉著殷曼狂奔，後面跟著不屈不饒的百姓代表，扛著好大的桐油傘，上面寫滿了「請君心即位」的眾百姓的簽名。

「果然是你的主意。」子麟扁了眼，「老星君……」

太白星君回過神，尷尬地咳了一聲。「沒這回事。老兒看眾人苦惱，提點了一聲……」

說到這就令人哭笑不得。歷來只有搶著當皇帝的，還沒見過人類逃著不要當皇帝，絞盡腦汁查人間記錄，都是距今有些兒遠的手法，還是想當皇帝的人佈置的。

結果，黃袍加身也試過了，萬民傘也試過了，似乎都不能打動這對小夫妻。

「嘖嘖，這些法子有啥子用？」子麟搖頭，「你們要學會攻其不備啊——」她揚起帶著邪氣的笑，湊在星君耳邊說了幾句。

星君不敢相信地看了她幾眼，低頭尋思，果然觀察入微，妙得很。

「……賊相公，狀元才，果然是『禍頭子』才有的妙計。」星君驚歎。

「喂，星君，你這是褒還是貶啊？」

被大家尊敬地稱爲「帝居」、「議事宮」的地方，只是個破帳篷。

當然，這個帳篷很大，幾乎有四五十坪，甚至可以用簾子隔出一個小小的房間，那就是殷曼和君心睡覺的地方，除了床，幾乎不能轉身。

吃飯和議事都得在外邊，而往往身邊圍滿了地方官和救災頭目、行政、醫療小隊、各式各樣的仙官。

吃飯跟搶命似的，君心匆匆扒到嘴裡，根本不知道自己吃了什麼。

「……不是跟你們說過，發電廠和電塔先不要修復嗎？」他還穿著睡衣，大嚷大叫，「那邊還危險得很！困住多少工人了？有醫療隊過去了沒有？」

「那不是什麼發電廠和電塔。」監工耐心地解釋，「那是九玄神聖宇宙玄黃終極固法大陣和玄天九轉靖安塔。屬下跟你解釋過了，」他盡量在鬧哄哄的環境中說明，「那是用來鍾天地之靈氣，啓動諸般神器，無須耗費己身的精妙極深術法陣……」

君心匆匆換著衣服，根本沒空去害羞，「夠了！你怎麼唸這一串不用換氣？那些什麼巴拉拉陣和巴拉拉塔跟發電廠和電塔有什麼兩樣？別吵了！到底情形怎麼樣啊？掐頭去尾說重點！」

當他這麼說的時候，身邊還有仙官七嘴八舌地湧上來跟他報告，他一面往外走，一面試著聽清楚各路人馬的報告。

殷曼拉住他，他想也不想就給她一個吻，「親愛的，我現在很忙。聽說禮郡那兒的田地崩壞了，情形嚴重到我得去看……」

她笑了一下，「我不是要這個。」她擦了擦君心的臉孔，「滿臉都是飯粒，你要這麼出去？別急，禮郡我去看，你去發電廠瞧瞧怎麼了，那兒的土壤抗咒性特別高又不穩定。」

「啓稟娘娘，不是發電廠。」監工還在旁邊耐心解釋。

殷曼笑出聲音，君心翻了翻白眼，對著七嘴八舌的眾仙官吼：「夠了！一個個來不成？災害的報告給我，其他的找星君去！媽的！我怎麼知道祭典要怎麼辦，我又沒辦過！何況我沒空去吃吃喝喝……修馬路的去找雲府報到！土石流找雷府，別找我了，又沒死人！採買名單不要給我看……喂！是誰申請夜明珠的？這玩意兒要代替手電筒，你給我拿來照馬路?!刪掉！馬路點點柴火就夠亮了，你們到底有沒有預算概念？」

他吼得這麼大聲，也沒人在怕他。又不是嚇大的。

一路走還要一路回答問題，那個該死的天界「發電廠」不知道會不會爆炸了，施工單位應不應付得來……他心底想著七八件事，看到星君姍姍來遲，連火都沒力氣發了。

「得救了。」他喘了一口氣，「內政找他，找他！」

結果星君居然追著他跑，一路上還認眞地報告一些瑣瑣碎碎的任官問題。

「發電廠」恐怕要爆炸了，還問他這些？君心沒好氣地漫應著，一面緊張地監督監工們裝上設備。

「……樊石榴轉任護理組主任，高翦梨任命爲災難醫療組負責人……」

「好好好。」君心沒命地點頭，一面轉頭對監工說：「你瞧不起鶴嘴鋤？這得裝上去的。你們怎麼依賴術法這麼深？體力才是根本好不好？欸，那個麻繩多裝幾捆，你給我捆仙繩做啥？捆你嗎？」

「還有這個，以下十名人員調動……」

「好好好……」君心胡亂點頭。

「還有李君心和殷曼職務調動……」

「都好都好！」他哀求了，「星君啊，我不出發不行了，有什麼事情回來再說好嗎？」

「你最少也簽個名表示你聽見了吧？」星君皺眉，「總有個行政流程要顧及呀。」

他很想跟星君說——關我屁事，爲什麼大家都要找我？皇室死絕了，又不是天人死光光，總找得到人來當頭吧？

但星君像隻老狐狸似的，跟他辯論簡直是在浪費生命。現在有二十五個工人被埋在什麼巴拉拉陣的地底下了，而且似乎會再次爆炸。

他自棄地抓了筆畫了自己名字，急如星火地跑了。

拈著那張紙，星君微笑起來。果然是足智多謀、觀察入微的禍頭子，這張同意書都簽了，白紙黑字的，看你怎麼抵賴。

等君心救災回來，發現人人都對他恭喜，他還以爲殷曼有了，等搞清楚被太白星君擺了一道，同意成爲新天帝，差點暈厥了過去。

暴跳如雷的和星君唇槍舌戰，可憐他這樣一個不到百歲、唯有炸屋頂是專長的人類小鬼，實在比拚不過太白星君數萬年爲官的好口才，何況還有一堆仙官七嘴八舌的助陣。

被轟得頭昏腦脹，覺得比任何一場戰役都痛苦太多了。

「夠了——」他運起真氣，用獅子吼鎮住混亂的場面，結果用力過猛，連破帳篷都飛了，他吃了滿嘴的土，百官無一例外的全身泥沙。

君心無語問蒼天。這種控制力跟人家當什麼天帝啊？

「聽著，」他呸呸呸地吐出嘴裡的土，趁著百官閉嘴的時候搶著說：「我可以同意當天帝候選人，其他免談！什麼時代了，還帝王家哩！這等大事當然是應該用選舉的方式啊～～」

太白星君皺眉，「君心大人，你也知道初逢災變，財政窘迫，要辦全東方天界選舉勞民傷財……」

「你別蓋什麼蠢宮殿就有錢辦選舉。」君心扁了眼睛。

「難道你認爲天帝住破帳篷臣民面上有光嗎？」星君沉不住氣了。

「選舉是什麼？」從來沒派駐人間的仙官茫然。

「選個能辦事的天帝！」君心大叫，「什麼年代了，還父傳子、子傳孫？皇儲是白癡你們也放心喔？你們活那麼長是活到哪去了？滿天仙人，別淨纏著我！四麟之長也不錯啊，諸宿也不壞啊，不然選太白星君好了……」

趁百官交頭接耳，他趕緊轉身就逃。等太白星君驚覺，他已經逃了個無影無蹤了。

等他飛到禮郡，把當地地方官和百姓嚇了一大跳，殷曼卻只是笑笑。「大喜，大喜，沒想到我徒兒這麼有出息，當到天帝去了。」

「……成天挖瓦礫堆的天帝，有什麼好當的？」君心拉長臉，「連小曼姐都打趣我！」

她笑起來，轉身吩咐地方官和百姓。「……且這樣試試看，應該行的。不，不用備膳了，我和大人等等就回去休息了。」挽著君心的手，就這麼離開，地方官和百姓目送他們，卻沒敢跟上來。

「我怎麼學不來？」君心抱怨，「大家都一湧而上，巴不得把我的耳朵炸聾，拉拉扯扯的。」

「因爲你討人喜歡。」殷曼應了一句。

「呿。」君心啐了一口，「這次我可不要這麼隨和了，他們自個兒去選個天帝，別煩我。」

「應下來也沒什麼不好。」殷曼飛身上樹，天色已暗，三個月亮靜靜懸在空中。「既然回不去了，你現在也的確是實際上的領袖。」

「喂喂喂，小曼姐，別以爲我不知道妳打啥主意。」他也跟著飛坐在殷曼身邊，「我當天帝，妳剛好『避嫌』避個乾乾淨淨，對不對啊？」

「第一夫人遠離政治才是應該的。」殷曼翹首望著月亮，「我雖然是個妖怪，也很認眞學習過這類常識的。」

「小曼姐……妳學壞了。」君心搖頭，「很不該挖出琅琊閣的藏書，妳看到那堆書，心早就飛了，連老公都捨得賣！明天我就去放把火燒了！」

殷曼大笑，君心環住她的肩膀，一起抬頭。天界也有三個月亮，銀白的是原本的月，火紅的是魔界，水藍蕩漾的，是他們的家鄉人間。

這麼近，抬頭就可以看到，但又那麼遠，再也不能歸鄉。

「……一直很怕，很怕那個水藍月亮不見了。」君心喃喃著，「我沒有保住天柱，沒有完成我的誓言。」

這是他心底最大的痛楚。遲了一步，就遲了這麼一點點，天柱就沒了。他對不起這場戰爭所有死傷的敵友，對不起遠在人間、他想保護的人。

在那一刻，他痛苦沮喪到想自殺謝罪，但一直想死的帝嚳在他眼前化成石柱，驚醒了他。自殺謝罪倒快……但他捅了這麼大的樓子，是該收拾的。

他會這麼拚，夙夜匪懈，發瘋似地在瓦礫堆救人，就是希望可以彌補自己的失敗，就算一點點也好。

「那不是你的錯。」殷曼淡淡地笑，「因爲我們都不能未卜先知，誰也不知道來不來得及，我們既然沒有其他方法，就只好盡力而爲。」

說不定，我也不在乎成敗。殷曼想，她願意戰鬥到最後一刻，盡全力而爲，但她會平靜地接受失敗。因爲天命如此，而她已經竭盡所能了。

她比君心想得開，但她喜歡君心這種想不開，因爲「想不開」，所以他特別溫暖、熱情，這也是吸引其他天人的緣故吧？

活過太多歲月磨損了這些情感，君心就像塊打火石，又燦然地點燃他們曾有過的激情和熱烈。

「但世界的成敗不是只繫在我們身上。」她遙指著水藍月亮，「我們在這世界只是細小的一環……應該說，每個眾生都是細小的一環而環環相扣，因爲大家都想盡力而爲，所以……世界還在。」她轉過臉，滿是柔和月華，「對嗎？」

望著她平靜的臉，君心覺得內心痛苦的歉疚稍稍平復了一點。「……是啊。」

他想到周朔，想到帝嚳，想到人間淒慘的犧牲。

災變後過了一年多，通訊幾乎都完蛋了，但周朔這鬼才，居然利用沒有墜毀的人造衛星用網路和他們聯繫上，告知他們寶貴的情報。

知道人間和魔界沒有沉沒，君心伏在殷曼的懷裡大哭了一夜，更拚命重建東方天界。

他要贖罪，他要花自己一生的時間做自己可做的事情。三界息息相關，少了哪一個就會連帶崩解其他兩界，但這些都不是最主要的原因。

因爲，埋在瓦礫堆下的微弱呼叫聲，讓他不忍心。人與天人、妖族、魔族，並沒有什麼不同。

是的，沒有什麼不同。

他和殷曼都非常忙，雖然已經漸漸粗具分工，但天人命韌，有些受難者在災區地下還可以存活數年，往往需要君心不受力流混亂影響的高破壞力去拯救，而東方天界的領土又非常廣大。

土地崩毀的現象也很嚴重，狐影和管寧疲於奔命，殷曼這個天才大妖更成了他們重要的援軍，同樣也忙得不可開交。

就在這種焦頭爛額的情形下，君心根本忘記什麼選舉不選舉的，只慶幸最近百官不再跟他囉唆什麼即不即位的蠢問題。

所以，等他接到通知，不但臉孔慘白如紙，連殷曼都瞪大了眼睛。

自天界創立以來，產生了第一個民選天帝。這倒是在天界政治投下一顆威力十足的震撼彈。

但殷曼想藉「避嫌」遠離權力的願望也破滅了，因為她當選了「副天帝」。

「……我沒聽過這種職稱。」殷曼望著星君。

太白星君承認，比起單細胞的君心，這位冷靜的大妖實在難應付多了。

「……人間既然有副總統，有個副天帝似乎也沒什麼不可以。」他聳肩，「娘娘的票數比君心大人還高呢。」

「……」

第十章 新生

太白星君一直覺得帝都的風水不好，不管是帝都、新帝都，都一定有問題。

前任帝嚳堅持在南獄接帝位，這任的天帝更慘，他乾脆在濱海接帝位了……因爲他正在巡視海岸嚴重侵蝕的問題。

南獄好歹還富麗堂皇，百官朝拜還有個獄廳，濱海？朝臣可是跪倒在沙灘上朝拜的，新任天帝敷衍地說：「嗯嗯嗯，好……喂！繕府有沒有吃飯啊？偷懶的話消波塊就舉不起來啦！賣力點好不好……啊？什麼？起來起來，跪著幹嘛？什麼？即位大典？好了好了，拜過就算了……那個誰，就是你！別偷懶啊！」

「……」

君心繼任天帝以後，什麼都好，就是非常缺乏身爲帝王的自覺。這點讓太白星君非常不滿。

但副天帝……很有自覺，但不是天后的自覺，這也很令人頭痛。

這位人望甚至比君心帝高的副天帝，眞是非常堅持「副手」的本分，連要她稍微出頭一點都不可能，她上任第一件事情是以副天帝的身分，立下一個令人瞠目的規矩：

無職元首夫人不可干政，包括元首在內的仙官都受御史彈劾監察，沒有例外。

不但如此，她還擬定了一套嚴格管理從元首到官吏的監察制度，甚至還有公家考試選拔仙官，看她每日如此忙碌，還有餘裕擬定大綱，邀集星君等一干文官、武將來編纂細目，甚至還邀百姓來集思廣益。

第一部類似憲法的基本大法「法典」就是出自她的策劃，不得不佩服她心思細膩，想得深，看得遠，說不定她比君心更適合當天帝。

「沒那回事。」她淡淡回答，「我是君心的副手，幫著出主意是應該的。我太冷了，不適合當什麼天帝。」

她的確缺乏權力慾，覺得那是麻煩的東西，何況她一直不太注重人際關係，但君心不會去考慮這些瑣碎的行政，太白星君又當了太久的天官，不大看得出弊端。

畢竟，她是飛頭蠻族長女兒，若不是滅族，她應該是一族之長，她還小的時候，就接受了族長教育，一直沒有忘記。在人間潛沉時，她也一直注視著諸般長處和缺點。

所謂「書到用時方恨少」，還在人間的時候該多看幾本政治類的書的，結果現在擬出來的「法典」非常粗略，但是「法典」可以漸漸增修，先有個規模，有個方向就好。

畢竟要時時和災變的後遺症對抗，也不要太擾民了。

抓起一把泥土，她皺緊眉。就像人間有工業之害，天界也有咒法之災，過分濫用咒法，打造起富麗堂皇、壯麗非凡的天界景象，付出的代價就是大自然的抗咒性。

抗咒性使得大地、河川、海洋接受咒的程度越來越遲鈍，爲了抗咒性，天界就用更強的神力去壓迫，於是豎起龐大的法陣和法塔，榨取天地的靈氣，於是越來越耗竭，抗咒性越高，成了惡性循環。

這樣頻繁的使用咒留下很不好的後遺症，第一個就是天人的生育出了嚴重問題。近幾千年出生率低到接近零，逼得天人得去人間取善魂來轉化，然後在人間引起失衡……又是一個惡性循環。

若放著不管，恐怕整個東方天界終究會死寂，老死的人口無法得到補充，災變又失去太多百姓。

試試看吧！不試試看怎麼知道有沒有用？既然周朔都可以將他鄉做故鄉，爲什麼她和君心不行？

「跟人類或眾生有交集，眞的是麻煩的事啊。」她喃喃著。

大災變後二十年。

花了二十年的時間，終於將不斷崩毀的大地穩定下來，雖然還常常有地震海嘯，新天帝又提倡「儉約施法」，以往優渥舒適的生活不復重現，但日子的確一天比一天好過了。

而他們的天帝和天后，終於願意搬出破帳篷……然後，住進茅草屋。他們樸實到接近刻苦的生活，讓誰都不好意思抱怨。

這些太白星君都可以忍耐，但是君心麾下直屬的軍隊依舊稱爲「叛軍」，讓他非常難以忍耐。

「你不是叛軍頭子了，你是天帝欸！」他表達了嚴重的抗議。

「我是叛軍頭子。」這點君心怎麼說都不讓，「我永遠都是。叛，就是半反，我要永遠提醒自己，我的確是殺上天界的，但我不是反對一切，我反的永遠是不好的那部分，而不是不分青紅皀白統統反到底。我一定，得一直記得這件事情。」

他握緊拳，「我是叛軍頭子沒錯！」

第一次，太白星君沒有爭辯，他只是瞪了君心一眼。「該說你是太有自覺呢，還是太沒有自覺？」

等他走遠了，殷曼說：「君心，『叛』的部首眞的不是『半』。」

「……親愛的，妳好討厭。」

然後，殷曼的堅持，終於開花結果了。

災變後二十年，在大幅削減法陣和法塔後，幾千年來，在一個平常的天人百姓家，誕生了一個自然生產的嬰兒，健康肥胖，非常正常的天人孩子。

但這不是唯一的孩子。繼他之後，陸陸續續有孩子出生了，同時也驚動了面臨衰滅之苦的他方天界。

即使路途艱辛，還是派出使節團來考察交流，雖然他們非常訝異東方天界的天帝天后都不是天人。

是的，他們堅持當個有「成仙資格」的人類和大妖，卻沒有轉生成天人。

「因為不想鬆懈下來。」這是殷曼的官方回答。

事實上，是他們都不想忘記自己原來的眷族。

「現在，妳還會想發仙願嗎？」在一個溫暖的夏天夜晚，撐著手肘，君心問。

「這是個難題，讓我思考很久的難題。」殷曼偏頭看著他，烏黑的長髮散在枕畔。

可惜仙願的範圍有限。現在她的眷族，又不只是飛頭蠻而已，這讓她很煩惱。

「我想，」她撫了撫君心的臉龐，表情平靜，「等我生下這個孩子再仔細思考好了。」

君心瞪著她，好一會兒找不到自己的聲音。「妳妳妳……妳是說……那個那個……」

「啊，就跟你想的是一樣的。」她拍了拍依舊平坦的肚子。

君心大叫一聲，跳了起來，翻跟斗、豎蜻蜓，沒穿衣服在屋裡跑來跑去，還因爲激動過度炸了屋頂。

殷曼一直容忍地看著他的激動（和幼稚），並在屋頂垮下來之前豎起堅固的結界，省得被大樑打個正著。

孩子若生下來是這個樣子，倒是挺麻煩的，她等於要多帶一個君心……唉。

誰讓她當初一時心慈，渡了那個人類病兒一口妖氣呢？結果牽牽扯扯一輩子，不得安寧了。

「我說……」她看著正在捶胸膛學金剛的君心說，「我們還是別搬去新殿住好了，懷胎這段時間，我不敢算修繕費要多少……我們的薪水都很低，找繕府來修又好像公器私用。」

「……」看著滿室瘡痍，君心倒不知道該反駁她什麼好了。

娶自己的大妖師父當老婆真的好嗎？

成親這麼久，他第一回思考這個問題……

〈全系列完〉

〈番外篇〉陸浩的願望

終究，還是這樣的結局。

滿目瘡痍，原本金碧輝煌的宮殿，就剩瓦礫一堆，在廢墟中行走，淒涼的感覺越來越深。

苦苦哀求這麼長久，明明知道是不可能的事情，他還是哀求著。固執地不肯接受任何安排，明知道自己已經是難得的幸運兒，但他就是不斷、不斷地哀求。

「……身爲天人，死後通常都不會有轉生機會。」終於，無盡黑暗中傳來一聲嘆息，「若不是特別感動，我也不敢擔下這干係。讓你轉生異界已經太過分了，現在你又求怎樣？」

「我求跟他說一句話。」

「怎麼來來去去就這句？」聲音充滿無奈，「你當初自刎就該知道會如此，也親眼看著一切直到崩壞，現在到這種田地還在求？」

「我甘願解魄，就求跟他說一句話。」陸浩垂首。

「你這是浪費我的苦心。」又是一聲輕嘆，「當初說開不就好了？」

「……怎麼說呢？」這個鐵錚錚的漢子、智謀深遠的儒將，蜿蜒著血淚。

這觸動了聲音的主人。「……想來也不至於改動任何未來，就算被查到，也不過扣扣薪水罷了。是我不對，這樣心腸軟弱，這干係我擔了，你去吧。」

這才能離開他跪求幾千年的黑暗，讓他去了心願。

就是這兒了。他站在昂然向天的石柱前，輕輕將手掌貼在上面。失去生命的帝嚳就在這兒。

結果，還是走向這樣悲慘的結局。我死了，朱顏死了，現在你也死了。

「陛下。」他輕喚。

在石柱中的帝嚳，微微睜開一條眼縫，凝視著幽然模糊的陸浩，「人死債了，何必來尋？要尋你也當去尋朱顏。」

這債，了不了了。

凝視著依舊有著瘋狂痕跡的帝嚳，他說不出是哀傷還是痛苦。

了結不了。

這種心情，怎麼說，從何說？他如何告訴別人，甚至連告訴自己都不能夠。

曾經，他以為此生只愛朱顏，就如朱顏般。曾經，他以為伴君如伴虎，除了戰戰兢兢、小心謹慎，不會有其他想法。

但他錯得如此離譜。

幾次激烈勸諫，他完全知道自己已經踰越了帝嚳可以承受的程度，他明白，完全明白。有幾次，他都以為帝嚳會將他推出午門斬了。

但這個暴躁狂野的君主，總是忍耐著他，甚至願意屈服，露出又生氣又無可奈何的寵溺。他總是拿陸浩來比朱顏，露出孩子氣的笑容，溫柔而容忍。

陸浩不知道是從什麼時候開始的。是他從血腥的狂熱退下來，露出茫然脆弱的表情，還是應龍事件，凶猛地頂撞君主，狂怒不止的帝嚳將他下獄，那種強忍痛苦的模樣。

他實在想不起來了。

等他發現的時候，他想起朱顏時，也會想起帝嚳。他心裡只能容下一個人時，他卻比一個還多一個。

這怎麼說？從何說？該跟誰說呢？

那天，憤怒的帝嚳衝到他面前質問他的時候，他實在不知道該怎麼回答。他當然可以否認。事實上他也這麼做了，他否認了和朱顏的感情，無視朱顏為他忍耐心傷的痛苦。這是很可怕的罪惡，大到身死都不足以償還。

但他也不敢承認。不敢承認他依舊愛著朱顏，但也……但也……

他不能跟帝嚳談下去了。再談下去，他一定會告訴帝嚳一切，但他也不想騙他，一點點都不想欺騙他的君主。

而這可能太超越了君王可以承受的極限……死在他手裡沒什麼，但朱顏若知道他被君王殺死，她會整個垮掉。

自殺和被殺，似乎自殺比較好。反正他也已經受不了了。

朱顏會懂吧？她一定會懂的。等她知道他是自殺時，她會懂的。

然而朱顏不懂，君王也跟著崩潰了、發瘋了，但發瘋的君王卻這樣溫柔地縫著他的屍身。

他一直很後悔、痛苦，即使可以轉生異界，他也不肯。他哀求著，不斷的哀求著，求著一個機會，求一個，可以跟君王說話的機會。

即使親眼見君王淪落而墮落，罪貫滿盈；即使他幾乎不曾提起陸浩的名字。

但他還是求一個機會，讓他說上一句話的機會。

到了這裡，他又不知道怎麼說了。

天要亮了，不能拖延了。

「陛下，我……我是來跟你說幾句話，一直沒辦法說的話。」他微微笑了起來。等這一天，等了好久好久。

「本來，你只是朱顏的丈夫，但是後來……你就是嚳。」他黝黑的臉孔有著溫暖的柔情，「這讓我爲難，很爲難。」

帝嚳的眼睛緩緩睜大，從深幽的石柱中心望了出來，沉默良久才又開口：「是嗎？是這樣嗎？呵呵……」

黎明來臨，他的時刻也到了，但千百年來的鬱鬱，終於消散了。他安然解魄，霧樣迷離。

但不知道爲什麼，一直沒人來帶走他，也從那天起，帝嚳所在的龐大石柱，總是蒙著一層不散的、溫柔的霧。

「不但扣了薪水，還降級了。」黑暗中傳來幽幽的嘆息。「誰讓我對這種癡心沒有抵抗力。」

傳來陣陣的沙沙聲，像是走在沙灘上的腳步，或者是筆在紙頁上的痕跡。

作・者・的・話

〈幻影都城〉系列完全結束了，總算。其實這本我真的寫得很憔悴，又非常非常的累。其實累是心理層面的，如果寫完這本，等於「歿世前傳」包含禁咒師和幻影都城系列共計十四本已經全部完結，難免會有曲終人散的感傷。

我寫作一直都有壞毛病，會將許多眞相和僞眞相埋在許多書裡頭，甚至不同出版社，成爲一塊塊小小的拼圖。這對讀者和我都是折磨，都必須仔細去拼圖才能看出一個大概，遑論讀者，連我都是的。

我想這會是一篇很長的作者感言，會相當考驗讀者耐性。（笑）

其實我相信《歿日》一定讓讀者有點頭昏，尤其是第三章，更是破碎到一個程度。

偶爾我某種惡作劇癖「芽」起來的時候就很愛這樣欺負讀者，其實是很不應該的。

因為這幾章不但時序不統一，連視角都不一致，也就是在順敘和倒敘中間，用不同人物去講述相同的一件事情：帝嚳的悲劇與瘋狂。

當初要寫第七部的時候我也煩惱很久，因為眞的很難宏觀又微觀地講述帝嚳的淪落，這放在任何一個人身上來看都不應該，於是就產生了這三章結構破碎又瑣碎的故事，甚至還蔓延到其他章節也如此。

其實我在其他小說也會這樣，但多少會克制一點，也會盡量控制在男女主角身上，這是第一次用這麼多人物去切割整個事件，坦白說，我還滿怕讀者看不懂的，不過目前看起來還好。

以後我會盡量克制一點，但這樣的寫法實在過癮。

如果要票選我筆下首惡，恐怕帝嚳和王母會分佔一、二名。一到三部出版之後，罵帝嚳和王母的讀者非常非常多，還有人誓言會討厭帝嚳一輩子。

當時已經設定完畢的無良作者，其實暗暗偷笑。我也很高興能在第七部正式揭開我伏筆如此之久的帝嚳過往，剖析一個漸漸瘋狂殘忍的天孫。

很多事情，都不要太早下定論。

帝嚳眞的是我創作過非常富悲劇性的人物，從賢明皇太子到敗德天孫，他走過許多崎嶇的道路，許多巧合造成他的淪落（或說墮落）。

但提到他，不得不提一個在他生命中兩個最重要的女人：王母玄和朱顏。

或許有讀者會對朱顏不滿，覺得她既不坦白，卻又不能愛上自己丈夫，結婚多年，居然一點感情也沒有，才會造成帝嚳的瘋狂和整個悲劇。

在此，我要爲朱顏說幾句話。

天庭的原型是封建社會下的皇朝宮廷。在這種閉塞嚴厲、「最是無情帝王家」的環境下，朱顏的孤獨是非常絕對的。在後宮，能夠相信的人非常少，誰知道哪天會被身邊的人出賣或誣賴，而且服侍著陰狠的王母婆婆和有瘋狂傾向的丈夫，她的壓力的確大到破表。

但她依舊是個普通女子。帝嚳的愛不是她要的，榮貴的身分不是她要的，一切都是被迫，她願意承擔下來非有個堅強的理由不可，沒有腐敗的初戀就成了她唯一的理由。

雖然不是帝嚳的錯，但是帝嚳造成她的戀情斷裂。她不是聖人無法完全沒有怨懟，她能演到這地步已經很不簡單了，還要她對帝嚳衍生出同情……我覺得將心比心，任何一個女子都會覺得爲難。

我不愛的人在我床側，不管他多麼好，我連呼吸都會有困難，更不要提同情。當然，我不覺得她處理得很好，雖然在她的環境下實在不得不然。其實手段若高一點，她該早點跟帝嚳坦承，但她不相信帝嚳，這又是另一個爲難的環節：「帝嚳瘋狂的缺陷」讓她隱隱地看出來了，而她，很普通，除了堅忍其實沒有太大的長處。

今天嫁給帝嚳的若不是朱顏，而是像麒麟這樣老於世故又瀟灑嬌懶的姑娘，帝嚳搞不好還瘋不起來，天天讓她鬧得又氣又好笑，就算不愛他，這樣的姑娘也會容忍他像容忍個可愛卻有毛病的小孩，說不定還慢慢培養出感情。

若帝嚳收了雙成當屋裡人，將來甚至扶正，雙成會包容他到底，就算發現了自己身世，雙成那種盲目的愛慕也會讓他肯定自己，或許會成爲殘酷卻能幹的天帝，卻不會嚴重爆發。

但是，又怎麼樣？帝嚳不會愛上她們，他選擇了一個很普通的、叫作朱顏的女子。

這沒有誰的錯，每個人只是遵照自己的心性去走。

還有，我一定要提醒一下，千萬不要讓無良作者拐了。（笑）

這麼說好了，我們之所以知道來龍去脈，是因爲我們是俯瞰著整個事件，我們從很多角度去理解了帝嚳，但朱顏、陸浩還有其他人，其實都不會全面理解帝嚳。

他崇高的地位其實是個倒楣的屏障，將許多好和壞的部分都擋住了。

身分高貴，越來越血腥殘酷，亢奮得有點難以自己，尤其是在虐殺中。朱顏伴著一個精神不穩定的丈夫，竭盡全力搶救許多帝嚳抓狂差點被殺的人命，她看不到我們看到的，屬於帝嚳柔軟的一面。

因爲她同時還得對王母負責，而王母……我想大家也知道她是個怎樣的人。

（其實我只是想提醒讀者一下，我們居於「俯瞰」的角度，而朱顏是「微觀」。）

但另一方面，說不定陸浩比朱顏看得更清楚、更明白，但因爲某種難以釐清說明的理由（已寫成番外篇），他只能用這種方法讓事態不至於過度嚴重。

當然，事與願違。因爲我們唯一可以控制的，只是自己，而不是任何人。

也許有人不滿爲什麼朱顏不肯愛上帝嚳，但我要說，這種事情不是努力就可以達成的，朱顏也掙扎過、努力過，但這種事情若有道理、有邏輯，世間不會有怨偶。

就好像妳的男朋友對妳不怎麼樣，但學長卻超愛妳的，他的一切也很完美，但，妳會愛上學長嗎？若是因爲家庭變故，硬把妳嫁給學長，妳會快樂嗎？

若學長還會偶發暴怒，甚至是個殺人如麻的殺人狂呢？妳有辦法愛上原本不愛的丈夫，忘記熱戀過的男朋友嗎？

這是將心比心的問題。

爲什麼我會破格說這麼多，是因爲我希望讀者釐清一個問題——任何不甘願的犧牲來維持安泰都是不對的手段。妳不能要求無辜者來成全某些問題或漏洞，這完全不對。

帝嚳的悲劇並不是朱顏的責任，他早晚都會爆發，始作俑者不是朱顏。朱顏可以說什麼都沒做錯，她只是不幸被帝嚳愛上，不幸帝嚳有個非常強勢蠻橫的母親。

她並非紅顏禍水，就像是歷史上的諸位無辜紅顏一般。

＊＊＊

玄也被討論得很熱烈，甚至出現擁玄派和反玄派，這讓我覺得很有意思。

其實，玄只是個最普通的母親，可能是妳，也可能是我。只是我們比較幸運，不在她的位置上。

別急著反駁我，請按著心口，仔細問自己：妳想要怎樣的孩子？

每個人都希望有個健康活潑聰明又聽話的小孩，每個人都是。生下來有一點點缺陷，誰都會沮喪，怨恨爲什麼是我？

如果是外表的缺陷，還可以求諸醫學彌補，內心的缺陷呢？

比方自閉症或幼兒型精神病？

當了母親不會就此升格成神了，這是聖母迷思的餘孽。每個母親都是軟弱的人類，這點永遠不會改變，人的天性就含有聖和邪，一定會彼此拉鋸，尤其又是逆境。

每個母親對子女往往會愛恨交織，但通常都是愛比較多，這值得慶幸，生物繁衍才不至於出大問題。

（但往往會有例外，只是暫時不討論。）

所以，玄一方面寵愛，甚至溺愛自己的孩子，卻堅決不願意相信自己孩子可能會出問題，即使她知道癥結就在那兒。她有錯是錯在她的身分、她的應對方式。

她不該干涉孩子的婚事。但有多少父母都在干涉孩子的婚事？她不該忽視孩子的疾病和缺陷。但多少父母強迫沒有天分的孩子去學鋼琴跳舞畫圖？做不到就指責他們沒有用心？

我知道有很多母親，很普通的母親，非常溺愛小孩，卻在他們考得差或不達要求的時候拳腳相加。我也知道有些母親，永遠不敢承認自己也有憎恨子女的時候。

這些例子多得驚人，只是我們不敢承認，不敢直視而已。

但我也不覺得玄是個好人。

因爲她缺乏「同理心」、「同情心」。

我們看到別人受傷，會覺得隱隱作痛，看到別人哭泣，也會鼻酸，這就是爲人很重要的「同理心」、「同情心」，我們能夠「感同身受」。

正因爲「感同身受」，所以在大部分的時候，我們不會刻意去傷害別人，甚至殺害別人。

但她嚴重缺乏這種感受。對她來說，只有她和她的衍生物（孩子）才是人，其他都是「異物」。我覺得像這樣嚴重缺乏「感同身受」的人，其實應該去掛精神科解決問題了，可惜天界沒有精神科。

但這樣的人多不多？其實人間就不少，而且不會去求助醫學，認爲自己是正確無誤的。程度或多或少，但也令人感慨了。

這種缺陷導致她她干政弄權，沒弄清楚自己是誰。她將豪門世家、舊朝大臣的相挺錯認是自己的實力和權勢，她以一個無職西宮的身分去弄亂整個政治運作。她理直氣壯地犯下許多罪惡，這是最難以原諒的部分。

對於她，我只能說，其情可憫，其行可誅。

＊＊＊

當然，塑造出這些人物，我很開心，但我會不會再去寫這些衝突性很深的人物呢？坦白說，我不知道，因爲這比什麼都累得多了。

或許你同情帝嚳，或許你同情王母，但實在還有些話我想說。

個性決定命運，沒錯，環境、遺傳、教育都造成今天的我，這也沒錯。但因爲我們是有心靈的生物，所以還有相當的進步空間，不是這樣就封死、認命。

這麼說好了，許多人都曾經在幼兒時被虐待或性侵，或許在性格中落下不可磨滅的陰影，有的甚至因此罹患精神或心理疾病，但大部分的人都堅強地變成正常的大人，並沒有成爲連續殺人犯或強暴犯。

憂鬱症和躁鬱症已經快要成爲流行病了，罹患的人口簡直要破表，但是大部分的人都還是學會跟這個疾病共處，並沒有眞的去自殺或殺人，堅強地活在這個世界上，如你我般。

不是每個人都可以正常健康地成長，畢竟誰也不能選擇自己的父母或環境，就像父母和環境也不見得想要你。不管童年多陰暗慘澹，父母失職、社會虧待，你都會長大。

等你自覺長大，還有口氣在，大腦還會運轉，你就要開始爲自己負責任了，而不是將所有過錯都推到父母、社會、環境，而自己一點責任都沒有。

不是，絕對不是。

父母、社會、環境是幫你加分，但不是沒有這些加分你就完蛋了。

有很多人自怨自艾，怪父母怪社會怪環境，覺得心靈扭曲都是這些的錯，但也有人默默擦乾眼淚，用自己的腳站起來，忘掉那些加不到分的事實，往前走。

這些，都是自己的選擇而已。

會寫這些瘋狂的人，其實是因爲我多病，身心皆然。書寫瘋狂對我來說非常容易，因爲這很貼近我自身的經驗，但我認爲，不管生理還是心理的疾病，都不足以當作可以蹲下來哭的藉口。

除非你自己覺得你垮定了，瘋狂才會越來越滋長。如果願意正視自己那些莫名其妙（當時卻覺得很正確）的想法，找到一個出口（於我就是寫作），往往可以維持一個最基本的「正常」。

有人在瘋狂時選擇傷害別人，但也有更多人在瘋狂的時候選擇尋找出口，燃燒生命，許多藝術家都是瘋子，他們心靈或許灼燒痛苦，卻用自己的生命繪製了最燦爛感動的風景。

一切，都只是選擇，和選擇了會不會懊悔、能不能堅持下去而已。

這些，才是我書寫了七部苦難和瘋狂，眞正想說的話。

蝴蝶2008.6.15

國家圖書館出版品預行編目資料

殘日　蝴蝶著.-初版--台北市：春光出版；
家庭傳媒城邦分公司發行；2008（民97）
面：　公分.--

ISBN 978-986-6572-01-2（平裝）

857.7　　97012444

殘日

作　　者／蝴　蝶
企劃選書人／黃淑貞
責任編輯／李曉芳

行銷企劃／周丹蘋
業務企劃／虞子嫺
行銷業務經理／李振東
總 編 輯／楊秀真
發 行 人／何飛鵬
法律顧問／台英國際商務法律事務所　羅明通律師
出　　版／春光出版
台北市 104 民生東路二段 141 號 8 樓
電話：(02)25007008　傳真：(02)25027676
e-mail：stareast_service@cite.com.tw
春光部落格：http://blog.pixnet.net/stareast
發　　行／英屬蓋曼群島商家庭傳媒股份有限公司城邦分公司
台北市 104 民生東路二段 141 號 11 樓
書虫客服服務專線：(02)25007718　(02)25007719
24小時傳真服務：(02)25001990　(02)25001991
讀者服務信箱：service@readingclub.com.tw
劃撥帳號：19863813
服務時間：週一至週五上午9:30～12:00，下午13:30～17:00
戶名：書虫股份有限公司
城邦讀書花園網址：www.cite.com.tw
香港發行所／城邦（香港）出版集團有限公司
香港灣仔駱克道193號東超商業中心1樓
電話：(852)25086231　傳真：(852)25789337
e-mail：hkcite@biznetvigator.com
馬新發行所／城邦（馬新）出版集團【Cite (M) Sdn Bhd.】
41, Jalan Radin Anum, Bandar Baru Sri Petaling,
57000 Kuala Lumpur, Malaysia.
電話：(603) 9057-8822 傳真：(603) 9057-6622
e-mail : cite@cite.com.my

封面設計／黃聖文
排　　版／浩瀚電腦排版股份有限公司
印　　刷／高典印刷有限公司

■2008年（民97）7月29日初版
■2016年（民105）3月16日二版8.5刷

Printed in Taiwan.
城邦讀書花園
www.cite.com.tw

售價／220元

ISBN 978-986-6572-01-2

廣　告　回
北區郵政管理登記
台北廣字第 000791
郵資已付，免貼郵

104 台北市民生東路二段 141 號 11 樓

英屬蓋曼群島商家庭傳媒股份有限公司

城邦分公司

請沿虛線對折，謝謝！

遇見春光・生命從此神采飛揚

春光出版

書號： OF0014X　　書名： 歿日

請於此處用膠水黏貼

讀者回函卡

謝謝您購買我們出版的書籍！請費心填寫此回函卡，我們將不定期寄上城邦集團最新的出版訊息。

姓名：________________

性別：□男 □女

生日：西元________年________月________日

地址：________________

聯絡電話：________________傳真：________________

E-mail：________________

職業：□1.學生 □2.軍公教 □3.服務 □4.金融 □5.製造 □6.資訊
□7.傳播 □8.自由業 □9.農漁牧 □10.家管 □11.退休
□12.其他________________

您從何種方式得知本書消息？

□1.書店 □2.網路 □3.報紙 □4.雜誌 □5.廣播 □6.電視
□7.親友推薦 □8.其他________________

您通常以何種方式購書？

□1.書店 □2.網路 □3.傳真訂購 □4.郵局劃撥 □5.其他________

您喜歡閱讀哪些類別的書籍？

□1.財經商業 □2.自然科學 □3.歷史 □4.法律 □5.文學
□6.休閒旅遊 □7.小說 □8.人物傳記 □9.生活、勵志
□10.其他________________

請於此處用膠水黏貼